변화는 즐겁다

변화는 즐겁다

초판 발행 2018년 06월 28일

지은이 | 아널드 베넷
옮긴이 | 권혁
발행인 | 권오현

펴낸곳 | 돋을새김
주소 | 서울시 종로구 이화동 27-2 부광빌딩 402호
전화 | 02-745-1854~5 팩스 | 02-745-1856
홈페이지 | http://blog.naver.com/doduls 전자우편 | doduls@naver.com
등록 | 1997.12.15. 제300-1997-140호
인쇄 | 금강인쇄(주)(02-852-1051)

ISBN 978-89-6167-245-0 (03800)
Korean Translation Copyright ⓒ 2018, 권혁

값 10,000원

변화는 즐겁다

돌을새김

이 작품을 발표한 후 독자들로부터 뜨거운 격려와 함께 많은 서평을 받았다. 그 서평 중 일부는 신문지상에 발표되기도 했다. 다행히 그 서평들에서 비난하는 내용은 거의 찾을 수 없었지만, 간혹 모든 문제를 너무 가볍고 쉽게 이야기하고 있는 것이 아니냐고 말하는 독자들이 있었다.

그러나 나는 내 이야기가 전혀 가볍지 않다고 생각했고, 따라서 몇몇 독자들의 그런 불만은 내 생각에 어떤 영향도 미치지 않았다. 또한 내가 수용할 정도로 심도 깊은 혹평은 없다고 판단했기 때문에 내 책에 아무런 문제도 없다고 생각했다.

그런데 어느 날 한 독자가 보내온 서평을 받았다. 그는 무척 진지한 사람인 것이 분명했다. 그의 서평에는 내가 충분히 공감할 수 있는, 아주 '진지한 혹평'이 담겨 있었다. 그의 비판은 나 역시 어쩌면 독자들로부터 항의를 받을 수도 있겠다고 생각하고 있었던 내용에 대한 것이었다.

바로 이 부분이다.

"대부분의 직장인들은 최소한 자신이 하고 있는 업무를 싫어하지는 않겠지만, 열정까지 가지고 있지는 않다. 그들은 일을 시작할 때는 최대한 미적거리며 늦게 시작해, 끝낼 때는 최대한 빨리 끝내버린다. 이렇게 일을 하는 동안에 그들의 능력이 최대한 발휘된다는 건 거의 있을 수 없다."

이런 나의 판단에 대해 그 '진지한 독자'는 이렇게 반론을 제기했다.

"… 그러나 난 아주 확신을 갖고 말할 수 있습니다. 높은 지위에 있다거나 전도양양한 사람이 아닌, 지금은 비록 더 나아지리라는 희망이 없어 보이는 아주 말단에서 일하는 직장인들 중에도 자신의 일에 대해 열정을 가지고 즐기는 사람들이 많이 있습니다.

그들은 게으름을 피우지 않으며, 사무실에 늦게 나오려 하지 않고, 일찍 사무실을 빠져나가려고 하지도 않는 사람들입니다. 다시 말하면 자신의 일에 모든 열정을 쏟아 붓

5

고, 퇴근 무렵에는 녹초가 되어버리는 성실한 직장인들입니다."

맞는 말이다. 나 역시 이 '성실한 독자'가 확신하고 있는 것처럼 그런 '성실한' 사람들이 있다는 것을 믿고 싶다. 아니 믿고 있으며, 실제로 그런 사람들이 있다는 것을 알고 있다.

나 또한 런던과 지방 도시에서 여러 해 동안 말단사원으로 근무한 적이 있었다. 내 동료들 중 일부는 열정을 가지고 최선을 다해 자신들의 의무를 수행했으며, 그렇게 성실하게 업무를 수행하면서 자신들의 능력 안에서 최대한 참된 '인생'을 살았다는 것을 결코 부인하지 않는다.

그러나 또한 나는 그렇게 운이 좋고 행복한 사람들(그들이 정말 행복했는지 확실하지는 않지만)은 다수가 아니라 아주 소수였을 것이라고 확신한다.

포부와 이상을 가졌으며, 아주 평균적인 성실함을 가진 직장인이라면 대부분 저녁에 완전히 지쳐서 집으로 돌아가지는 않는다. 그들은 생계를 유지할 수 있을 만큼만 양심적으로 업무를 수행하며 그 업무 또한 흥미를 느껴서라기보다는 사명감으로 처리하기 때문이다.

그러나 이제 나는 그렇지 않은 소수의 사람들이 있다는 것과, 또한 그들이 충분히 관심을 받을 만큼 중요하다는 것을 안다. 그리고 과거에는 그들의 존재를 인정하지 않았지만, 지금은 그들의 존재를 무시해서는 안 된다는 것도 알고 있다.

그 성실한 독자가 보낸 편지에서 나는 자기 업무에 열정을 가지고 성실하게 일하는 소수의 직장인들이 얼마나 힘들어하는지를 알 수 있었다.

"난 정해진 하루 일과 외에 다른 무언가를 하려고 정말 열심히 노력합니다. 그러나 저녁 6시, 집으로 돌아갈 때쯤 나는 당신이 상상하는 것처럼 그렇게 열성적으로 뭔가를 할 수 없는 상태가 되어버린다는 걸 말하고 싶습니다."

일단 매일 하는 자신의 업무를 열정적으로 또는 신나게 하는 소수의 직장인들이, 사무실에서 보내는 근무 시간을 성의 없이 소극적으로 시간이나 때우면서 보내는 사람들보다 훨씬 덜 불행하다는 것을 말해두고 싶다.

열정적으로 일하는 소수의 직장인들에게는 '어떻게 살 것인가?'라는 충고가 적절하지 않다. 왜냐하면 그들은 일을 하는 8시간 동안 만큼은 능동적으로 살고 있기 때문이다. 또한 이때 그들의 능력이 최대한 발휘되기 때문이다. 단, 이들은 그 시간 외의 나머지 8시간을 잘못 보내고 있거나, 혹은 쓸데없는 일에 소모하고 있을지도 모른다.

그러나 하루에 16시간을 부질없이 소모하는 사람들보다 하루에 8시간을 낭비하는 것이 훨씬 덜 불행한 일이다. 하루 종일 살아 있지 않은 삶보다는 단 얼마간이라도 살아 있는 것이 훨씬 낫다.

사실 무엇보다도 슬픈 것은 사무실 내에서도, 밖에서도 전혀 노력하지 않고 버티는 사람들의 비극적인 삶이다. 그리고 이 책은 바로 그런 사람들에게 보내는 편지이다.

열정적으로 일하는 행복한 소수 중에서 몇몇은 이렇게 말할지도 모른다.

"난 내 업무가 다른 사람들보다 많다고 할지라도 그보다 더 많은 일을 하고 싶다! 나는 조금이라도 더 열심히, 더 잘 살고 싶기 때문이다. 그러나 하루 일을 다 끝낸 다음에 내일 해야 할 일을 미리 해두고 싶지는 않다."

이렇게 보다 나은 삶을 위해 자신의 업무에 충실하지만, 정해진 시간 외에는 더 이상 아무것도 하고 싶지 않은 사람에게도 '시간 활용법'은 흥미로울 것이다.

사실, 내 이야기는 직장에서 재미있게 일을 해본 경험이 있는 사람들에게 더 강한 인상을 준다. 언제나 그렇듯이, 인생의 굴곡을 겪어본 사람들만이 인생에서 더 많은 것을 얻으려 하기 때문이다. 침대에서 절대로 나오려 하지 않는 사람을 일으키는 것은 정말 어려운 일이다.

자, 자신의 일에 충실한 소수의 사람들 중의 한 사람인 우리는 매일 돈을 버는 데 열중하고 있기 때문에 다음에 나오는 나의 제안을 모두 받아들이지는 않을 것이라고 생각한다. 그러나 일단 선입견이나 편견 없이 읽는다면 유용하게 활용할 수 있을 것이다.

내 이야기의 핵심은 '일하는 시간 외의 시간을 어떻게 활용할까' 하는 것이다.

성실한 직장인들은 퇴근 후 집으로 돌아가는 시간을 유용하게 보낼 여력이 없을지도 모르겠다. 그러나 아침 출근길에 대한 나의 제안은 다른 사람들처럼 충분히 실천할 수 있을 것이다.

토요일부터 월요일 아침까지의 주말 시간은 – 주중의 누적된 피로가 활력의 재충전을 방해할지도 모르지만 – 누구에게나 충분한 시간이다. 게다가 주중에 사나흘의 저녁 시간도 있다.

사람들은 내게 저녁에 업무 외에 다른 어떤 일을 하기에는 너무 피곤하다고 단호하게 말할 것이다. 거기에 난 이렇게 대답할 수 있다.

"만약 낮 시간 동안의 일상적인 업무가 그처럼 에너지를 소진시킨다면 생활의 균형이 깨진 것이므로 반드시 바로잡아야 한다."

자신이 가지고 있는 모든 에너지를 매일 하는 일상적인 업무에 쏟아 부어서는 안 되는 것이다.

그렇다면 어떻게 해야 할까?

분명한 것은, 일상적인 업무에 쏟는 자신의 열정을 전략적으로 분산시켜야 한다는 것이다. 업무 외의 다른 일에 에너지를 사용하는 것이다. 일을 시작한 후가 아니라 시작하기 전에, 다시 말하면 '아침에 더 일찍 일어나라'는 것이다.

아마도 "그렇게 할 수가 없다"고 말할 것이다. 밤에 조금 일찍 잠자리에 드는 건 불가능하며, 그것은 생활의 리듬을 완전히 뒤엎는 것이라고 할 것이다.

그러나 밤에 조금 더 일찍 자는 것이 실천하기 어렵고 불가능하다고 미리 속단할 필요는 없다. 억지로 노력해야만 하는 일이 아니라 어쩔 수 없이 그렇게 될 것이기 때문이다. 아침에 약간 더 일찍 일어나는 것을 실행하다가 결과적으로 수면이 충분하지 않다는 것을 느끼게 되면 조금 더 일찍 잘 수밖에 없게 될 것이다. 아침에 조금 일찍 일어난다고 해서 충분한 수면에 방해가 되지는 않는다는 것이다.

오랜 세월 동안 내가 깨달은 사실은 '수면은 전적으로 습관과 게으름의 문제'라는 것이다. 나는 대부분의 사람들이 어떤 전환점을 잃어버렸기 때문에 늦잠을 자는 것이라고 생각한다.

매일 육체 노동을 하는 건장한 남자는 과연 몇 시간이나 자야 할까?

나는 이것에 대해 전문가와 의견을 나눈 적이 있다. 정확히 말하면 그는 런던 근교에서 24년 동안 큰 병원을 운영했던 의사였다. 그 의사는 한마디로 잘라 이렇게 말했다.

"잠을 많이 자는 사람들은 바보가 된다."

그는 "만약 사람들이 침대에서 보내는 시간이 적어지면 10명 중 9명은 인생을 훨씬 재미있게 그리고 건강하게 보낼 수 있을 것"이라고 했다.

다른 의사들 역시 그의 이런 판단을 인정했다. 물론 한참 자라나는 어린이에게는 적용되지 않는다.

1시간이나 1시간 반, 아니면 2시간 더 일찍 일어나고 가능하면 일찍 잠자리에 들도록 한다. 일을 성취하는 데 있어서 저녁의 2시간보다 아침 1시간이 훨씬 더 큰 성과를 올릴 수 있다.

이렇게 반문할 수도 있다.

"하지만 누가 아침을 챙겨주는 것도 아니고, 뭔가 정신 차리게 해주는 일이 있는 것도 아닌데 무턱대고 일어나서 어떻게 하란 말인가?"

마치 이것이 아침 일찍 일어날 수 없는 아주 심각한 이유라도 되는 것처럼 말하지는 않는 것이 좋다. 이 문제는 새로운 어떤 것을 준비할 필요도 없이, 이미 가지고 있는 아주 간단하고 편리한 몇 가지 도구로 해결되기 때문이다.

일단 생각을 바꾼다. 이제 자신의 문제를 해결하기 위해 헌신적인 보조자를 요구하는 시대는 지났다. 자신의 일은 자신이 할 수 있는 가장 편한 방식으로 해결하는 것이 가장 현명하다.

잠자리에 들기 직전에 간단하게 준비를 해둔다. 가스레인지 위에 차 한 잔 정도를 끓일 수 있는 물을 주전자에 담아 올려놓고, 가까이에 찻잎 혹은 커피와 설탕 등을 담은 찻잔을 준비한다.

그리고는 아침에 일어나 가스레인지에 불을 켜면 된다. 만일 버튼을 누르고 찻잔을 만지는 사이에 물을 끓어오르게 하는 전기 포트가 있다면 일은 더욱 쉬워질 것이다. 한 잔의 차가 준비되면 천천히 음미하면서 마시면 된다.

이렇게 아침에 차 한 잔 마시는 시간을 갖는 단순한 일이, 처음부터 뭔가 큰 것을 기대하는 사람에게는 하찮게 보일지 모르지만, 생각이 깊은 사람들에게는 그렇지 않을 것이다. 평상적이지 않은 시간에 마시는 차 한 잔만으로도, 얼마든지 지혜롭게 균형 잡힌 생활을 만들어 갈 수 있기 때문이다.

_차례_

제2장 자신을 변화시키는 생각의 기술

제1장
변화를 만드는 시간 설계사

시간의 비밀, 시간의 기적

진부하지만 구체적으로 다루는 주제; 돈을 어떻게 쓸 것인가

"맞아, 그 친구는 어떻게 살아야 할지를 전혀 모르는 사람이야. 좋은 직장에, 일정한 수입이 있고 분에 넘치게 사치스러운 게 아니어서, 필요하면 비싼 물건들을 살 수 있을 정도인데도 그 친구는 항상 어렵게 사는 것처럼 보여. 하여간 그는 자기 돈으로는 아무것도 사지 않는 것이 분명해. 그러니 집은 멋있어도 방은 썰렁하고, 하고 다니는 모양새는 어쩌다 남의 옷 얻어 입은 것처럼 새 양복에 꼬질꼬질한 와이셔츠를 입고 유행 지난 넥타이를 매고 다니지. 또 그 친구가 초대한 저녁식사에 가보면 퉁퉁 불은 스파게티가 플라스틱 접시에 담겨 나오고, 금이 간 잔에 커피를 내오지. 아무튼 그 인간은 도저히 이해할 수가 없어. 한마디로 그 친구는 돈을 쓸 줄 몰라. 내가 그 돈의 반만이라도 가졌다면, 그 친구에게 어떻게 살아야 하는지 보여줄 수

있을 텐데."

이렇게 우리들 대부분은 누구보다 월등하게 잘 사는 방법을 알고 있다는 듯 종종 주변의 사람들이 살아가는 방식에 대해 비평하곤 한다.

이때 우리들은 아주 뛰어난 재무장관이 된다. 하지만 그런 자부심이야말로 순간에 지나지 않는다.

서점에는 어떻게 살아야 하는가에 대한 책들로 가득 차 있다. 그런 책들은 독자들을 자극하며 그로 인해 유발된 독자들의 관심을 증명해 보이기도 한다.

최근 한 방송에서는 '만 원으로 일주일을 살 수 있는가'라는 주제로 프로그램을 진행하고 있다. 어디에 어떻게 돈을 쓸 것인가 하는 것은 언제나 특별한 관심의 대상이 되어 왔으며, 시대를 따라 유행을 타기도 했다.

중요하지만 추상적으로 다루는 주제; 시간을 어떻게 쓸 것인가

시간 역시 돈만큼이나 사람들의 관심사가 되어 왔다. 그러나 돈을 어디에 어떻게 투자하고 사용할 것인가에 대해서는 여러 가지 이야기를 나누지만, '하루 24시간을 어떻

게 살 것인가'에 대해서는 구체적으로 이야기하려 하지 않는다. 다만, '시간은 돈이다', '시간을 아껴라'라고 말할 뿐이다. 하지만 이런 격언이 '하루 24시간'을 설명할 수는 없다.

시간은 돈보다 훨씬 가치 있는 것이다. 만일 시간이 있다면 언제든지 돈을 벌 수 있다. 그러나 최고급 호텔의 스위트룸에 묵을 수 있을 정도로 부자라 할지라도 내가 가지고 있는 시간은 물론이고, 난롯가의 고양이보다 1분이라도 더 많은 시간을 가질 수는 없다.

철학자들이 공간에 대해서는 설명할 수 있겠지만 시간에 대해서는 설명하지 못한다. 시간은 모든 물질의 원재료로써 설명이 불가능하기 때문이다.

누구에게나 평등하게 주어진 가장 고귀한 재산, '하루 24시간'

시간이 있으면 모든 것이 가능하고, 시간이 없으면 아무것도 할 수 없다. 매일 같은 시간이 새롭게 생겨난다는 것, 그 사실은 엄밀하게 생각해보면 그야말로 기적이며, 엄청나게 놀라운 사건이다. 아침에 일어났을 때, 놀랍게도 우리의 지갑에는 우리의 삶을 가득 채워줄 순백의 24시간으로 가득 채워져 있다. 그것은 살아가는 데 꼭 필요한 가장 귀중

21

한 재산이며, 온전히 자신의 것이다. 그런데 이렇게 비싸고 경이로운 시간이, 간단한 생활용품처럼 매일 한 치의 오차도 없이 주어지는 것이다.

시간을 빼앗아 갈 사람은 아무도 없다. 또한 시간은 훔칠 수 있는 것이 아니다. 내가 받은 시간보다 더 받거나 덜 받는 사람도 없다.

이보다 더 이상적인 형태로 주어지는 것이 있을까! 시간의 왕국에는 특권을 가진 권력 계급도 지식 계급도 없으며, 천재라고 해서 하루에 1시간을 더 얻을 수 있는 것도 아니다.

누구도 변화시킬 수 없는 시간의 법칙

그런가 하면 이 값비싼 상품을 마음껏 소비해버려도 결코 공급이 중단되지 않는다.

"힘이 없고 무능한 사람은 시간을 받을 자격이 없다. 따라서 평가 과정에서 제외될 것이다"라고 말할 수 있는 절대 권력자는 없다.

시간은 연금보다 더 확실해서 일요일에도 빠짐없이 정액으로 지불되는 월급과도 같다. 그렇지만 정확하게 약속되었다고 해서 무조건 마음대로 할 수 있는 것은 아니다. 돈과는 달리 미리 당겨 쓸 수도 없고 빚을 얻는 것 또한 불가능하다. 오로지 정해진 대로 흐르며 그날 주어진 것은 그날 소비할 수밖에 없다. 아무리 필요해도, 아무리 능력이 있어도 내일의 시간을 미리 쓸 수는 없다. 앞으로 올 시간은 언제나 우리 앞에 남겨져 있을 뿐이며 당겨서 사용할 수 없다. 마찬가지로 오늘의 시간 역시 내일로 미뤄 쓸 수 없다. 시간은 누구에게나 오직 하루에 24시간이 주어질 뿐이다.

이것이야말로 기적이 아닌가?

모든 것은 시간의 사용에 달려 있다

우리는 매일 24시간을 살아야 한다. 그 24시간으로 건강과 즐거움, 돈, 만족, 명예, 그리고 영혼의 진화까지 추구해야만 한다. 시간을 아주 유용하고 효과적으로 사용하는 것, 그것은 매순간 긴장과 스릴을 요구하는 문제이다. 즉 시간을 어떻게 사용하느냐에 모든 것이 달려 있다. 우리 모두가 추구하는, 그렇지만 돈으로는 살 수 없는 재산인, 행복도 결국 시간을 어떻게 사용하느냐에 달려 있다.

그러나 매일 새롭고 놀라운 소식들을 전하는 미디어와

각종 정보들이 "주어진 시간으로 어떻게 살 것인가?"라는 내용이 아니라 "주어진 수입으로 어떻게 살 것인가?"라는 내용들로 가득 차 있는 것은 참으로 기묘한 일이다. 돈은 시간보다 훨씬 흔한 것이다. 곰곰이 생각해 보면 돈이 이 세상에서 가장 흔하다는 것을 알 수 있다. 돈은 지구상 곳곳에 어디에나 널려 있다.

하루를 관리하지 못하면 인생을 관리하지 못한다

사람들은 현재의 수입으로는 만족스러운 생활을 하기 힘들다고 생각하기 때문에 돈을 더 벌기 위해 애를 쓴다. 오직 돈을 버는 것이 목적이기 때문에 그 방법이 불법적인가 합법적인가는 별로 상관하지 않는다. 어떤 수단을 동원해서든 돈만 손에 넣으면 된다고 생각하는 것이다.

그러나 단지 먹고살기 위해 자신의 인생을 뒤죽박죽으로 만들 필요는 없다. 육체적으로든 정신적으로든 일을 할 수 있는 사람이라면 일을 해서 돈을 벌고 수입과 지출의 균형을 맞추면 일차적인 문제는 해결된다.

하지만 만일 하루 24시간이라는 수입을 제대로 관리하지 못하면 모든 지출 항목도 적절히 배분하지 못할 것이 분명하며 그렇게 되면 바로 자신의 인생 전체가 뒤죽박죽되는 것이다.

규칙적이며 제한적인 시간의 절대성을 활용하라

시간의 공급은 놀랍게도 규칙적이면서도 잔혹할 정도로 제한적이다. 우리들 중에 하루 24시간을 제대로 사는 사람은 누구일까? 여기서 내가 말하는 '살아 있음'이란 '존재하고 있음'을 뜻하는 것이 아니라 '혼돈의 과정'을 말하는 것이다. 매일의 일상을 '적절한 소비와 분배'라는 형태로 관리해야 하는, 쉽지 않는 이 일로부터 자유로운 사람이 몇이나 될까?

훌륭한 정장이 보기 싫은 헤어스타일을 커버할 수 있다고 말할 수 있는가. 혹은 멋진 그릇에 담긴 음식은 맛이 없어도 상관없다고 할 수 있겠는가?

많은 경우 무언가 하나가 부족해서 결국 전체를 망친다. 그리고 모두들 '조금만 시간이 더 있다면 바꿀 수 있을 텐데'라고 말한다.

그러나 그 누구도 주어진 시간 외에 더 이상의 시간을 가질 수는 없다. 우리에게 있는 시간은 항상 있는 그대로일 뿐이다. 이 사실은 거부할 수 없는 진리다. 이것이 바로 내가 시간 활용법에 몰두하게 된 가장 큰 이유다.

시간에 대한 불안감

24시간에 만족하는가?

자신에게 주어진 하루 24시간에 대해 어떻게 느끼고 있는가? 이 질문에 아주 당연하다는 듯이 이렇게 대답하는 사람이 있다.

"그러니까, 하루 24시간을 어떻게 보내고 있느냐는 말이죠? 난 하루 24시간이 모자라다고 느낀 적이 없습니다. 해야 할 일, 하고 싶은 일을 다하고도 여전히 시간이 남습니다. 우리에게 주어진 하루는 24시간이고, 그 24시간을 각자 알아서 알차게 활용해야 한다는 건 아주 단순한 사실 아닙니까."

만일 이런 대답을 하는 사람이 있다면, 나는 쓸데없는 질문을 한 것에 대해 사과하고 용서를 구하고 싶다. 나는 지난 40년 동안 진심으로 그런 사람을 만나고 싶었다. 그리고 그에게 어떻게 하면 하루 24시간을 아쉬움 없이 충분히 넉넉하게 사용할 수 있는지를 배우고 싶다.

난 똑같이 주어진 하루 24시간을 충분히 넉넉하게 활용하는 사람들이 존재한다는 것을 확신한다. 하지만 아직 그런 사람을 직접 만나 그 방법을 배우지 못했다. 따라서 나는 내가 할 수 있는 시간 활용법에 대해 계속 이야기를 하는 수밖에 없다. 매일의 시간이 아무런 흔적을 남기지 못하고 미끄러지듯 흘러가고 있다는 것을 느끼면서도, 그것을 의미 있게 바꿀 수 있는 새로운 질서를 만들어내지 못해 괴로워하는 수많은 동료들이 있기 때문이다.

쉬지 않고 일하는데 왜 불안이 떠나지 않을까?

만일 '보다 나은 생활 패턴을 만들어내지 못하고 있다'는 생각을 하고 있다면, 그 생각 자체에 대해 분석을 해볼 필요가 있다. 그런 생각이 왜 생기는 것일까?

그것은 불안감 혹은 기대, 동경, 열망 중의 한 가지 때문에 생기는 것이다. 그리고 이러한 생각은 지속적으로 불안감에 사로잡히게 만들어 결국은 일상의 즐거움을 잃게 한다. 그래서 영화관에서 영화를 보며 웃다가도 그런 불안한 생각들이 불현듯 튀어나오기도 하고, 마지막 전철을 타기 위해 허겁지겁 뛰어가 플랫폼에서 숨을 고르는 짧은 순간에도, 그 불안한 느낌이 우리 곁을 스쳐 지나간다.

그 불안한 생각은 묻는다.

'그 동안 대체 무엇을 했을까?'

그러면 우리는 항변하듯 이렇게 답할 것이다.

'나는 쉬지 않고 열심히 일하며 여기까지 왔다. 기대와 열망은 늘 내 삶을 이루는 중요한 부분이었다. 그렇지만 늘 불안이 떠나지 않았다!'

마음은 메카로 향하고, 발은 동네에 머물고

이러한 생각은 사실 다음과 같은 단계를 거친 것이다. 인간은 일단 메카(동경하는 목적지)로 떠나고 싶은 열망을 갖게 되면 마음속으로 끊임없이 '메카에 가야 한다'고 속삭인다. 그런 다음 가이드의 도움을 받든지, 혹은 혼자서 여행을 떠나는 것이다. 그러나 메카에는 결코 도착하지 못할지도 모른다. 어쩌면 그는 메카에 가기 위해 거쳐야 하는 도시에 도착하기도 전에 여행을 포기하거나 되돌아올 수도 있다. 그래서 그의 욕망은 영원히 좌절될지도 모른다. 그리고 채워지지 않은 소망은 그를 항상 괴롭힐 것이다. 하지만 그는 늘 메카에 가야 한다고 안달하면서도 결코 자기 집조차 떠나지 못하는 사람보다는 덜 괴로울 사람이다.

떠나야 할 이유가 있으면서도 우리들 대부분은 떠나지 못한다. 먼곳에 있는 다른 나라가 아니라 가까운 도시의 축제를 보러 갈 때도 차를 타려고 하지 않고, 다녀온 사람에게 가는 길을 물어보기만 한다. 그리고는 하루가 24시간밖에 없어서 그렇다고 변명한다.

불안을 일으키는 요인들

이렇게 모호하고 불필요한 열망들을 조금 더 깊이 분석하고 생각해 보면, 그것은 도덕과 의무감으로 해야 하는 일 외에 추가적으로 뭔가를 더 해야 한다는 고정관념에서 비롯된 것이라는 걸 알 수 있다.

우리는 누군가 그렇게 하라고 명령하거나 법으로 정하지 않아도, 가족들을 보다 안락하고 풍족하게 해주어야 할 의무가 있다고 생각한다.

그것은 평범한 의무지만 정말 어려운 일이다! 그것을 제대로 성취해내는 사람은 그리 많지 않다. 때로 그것은 우리 능력 밖의 일이기도 하다. 또한 그 일을 성공적으로 해낸다 해도 우리는 결코 만족할 수가 없다. 왜냐하면 성공의 순간 은 잠깐이고 의무감의 본질은 여전히 우리 곁에 남아 있기 때문이다.

그러한 의무가 자기 능력 밖의 일이라는 것, 또한 자신의 힘으로는 어떻게 할 수 없다는 것을 깨달았을 때, 만약 자 신의 능력을 이미 지나치게 소진시켜서 더 이상 무엇을 할 수 없다면 차라리 덜 불만스러울지도 모른다. 실제로 현실 이 그것을 증명한다.

출발을 늦추면 불안은 증폭된다

정해진 업무 시간 외의 시간에 무언가를 해보겠다는 것 은 모든 사람들이 가지고 있는 일반적인 생각이다. 그들은 자신의 삶의 수준을 향상시키려고 노력하는 사람들이다.

원하는 것을 이룰 때까지 지속적인 노력을 해야 함에도 불구하고, 아무것도 시작하지 않고 출발을 마냥 늦추는 데 서 생기는 불안감은 영혼의 평화를 깨뜨릴 뿐이다.

소망은 무수히 많은 이름을 갖고 있다. 지식의 추구 같은 일반적인 욕망도 소망의 한 형태이다. 가끔 그 욕망이 너무 강하면 사람들은 시간을 들여 체계적인 지식을 쌓는 것을 포기하게 되며, 보다 빨리 보다 더 많은 지식을 얻기 위해 체계적으로 정해 놓은 프로그램의 한계를 뛰어넘고 싶은 충동을 느끼게 된다.

지적 호기심을 가지고 있는 대다수의 사람들이 틀에 박힌 생활에서 탈피하고 싶은 열망을 문학을 통해 추구한 것 같다. 그런 사람들은 이제 책읽기의 범위를 보다 넓게 확장시켜 나가는 것이 좋을 것이다.

일단 시작하라

좀더 많은 시간은 누구에게도 없다

이제 우리는, 끊임없이 시간에 대한 스트레스에 시달리고 있다는 것을 인정할 것이다. 그리고 그것의 가장 큰 원인이, 정말로 하고 싶은 어떤 일을 하지 못한 채 계속 남겨두고 있다는 생각 때문이라는 것도 알았다. 그래서 항상 '시간이 좀 더 있었으면'하고 바라게 되는 것이다. 하지만 이제는 그야말로 존재하는 시간이란 시간은 다 가지고 있기 때문에 '조금 더 많은 시간'이란 그 누구도 결코 가질 수 없다는 명백한 진실을 직시해야만 한다.

그러나 그 모든 것을 알고 있음에도 불구하고 아주 놀라운 비밀, 즉 하루 24시간을 완벽하게 활용할 수 있는 최상의 방법과 매일 뭔가를 하지 못하고 미뤄둔 것 때문에 생기는 불안감과 불만스러움과 꺼림칙함을 한꺼번에 떨쳐버릴 수 있는 비법을 기대하고 있다.

메카로 가는 지름길은 없다

그러나 안타깝게도 나는 그렇게 놀라운 비밀은 발견하지 못했다. 아니 그것을 발견하리라 기대하지도 않을 뿐만 아니라, 그 어느 누구도 발견할 수 없을 것이라고 생각한다. 그것은 불가능한 일이다. 하지만 만일 내가 시간에 대해 진정으로 말하고자 하는 바를 이해하기 시작할 때 비로소 희망이 되살아날지도 모른다. 그렇게 되면 당신은 이렇게 말할 것이다.

"이제야말로 내가 그렇게 오랫동안 열망했던 일을 할 수 있는 방법, 그것도 아주 쉽고 편하게 할 수 있는 방법을 찾을 수 있을 것 같다."

하지만 그렇지 않다. 메카로 가는 데에는 쉬운 길도 지름길도 없다. 그 길은 아주 험난하여 최악의 경우 결코 그곳에 도착하지 못할 수도 있다.

하루에 주어진 24시간을 가장 안락하게 그리고 최대한 충실하게 살아내기 위해 가장 필요하고 중요한 것은, 바로 그러한 과정에서 요구되는 어려움을 감수하며 지속적인 노력과 인내심으로 차분하게 실천해야 한다는 것이다.

이것이 다른 무엇보다 중요하다는 것을 특히 강조하고 싶다.

나른한 고양이에서 벗어나라

한 장의 종이와 펜으로 정교하게 작성한 계획서로 꿈을 이룰 수 있을 것이라고 생각한다면 지금 즉시 희망을 포기하는 편이 낫다. 환상에서 깨어나 실망할 준비가 되어 있지 않다면 많은 노력에 비해 얻어지는 작은 결과에 만족할 수 없을 것이다. 어려워도 하겠다는 각오가 없다면 시작을 하지 말아야 한다. 오히려 다시 자리에 누워 몽롱하고 불쾌한 선잠에서 완전히 깨어난 후 자기 자신을 정확히 보아야 한다.

환상에서 깨어나 실체를 확인하는 건 아주 슬픈 일이다. 그렇지만 그렇게 우울하거나 침울할 필요는 없다. 오히려 나는 그것이 더 좋은 일이라 생각한다. 더 나아가 어떤 가치 있는 일을 시작하기 전에 가져야 할 의지를 북돋우는 긴장감을 위해 오히려 필요한 일이다.

나는 그러한 자신감을 좋아한다. 난롯가에 있는 고양이

와 내가 구별될 때 내 인생의 주인이 될 수 있는 것이다.

지금 뛰어들어라; 시간이 흐를수록 물은 차가워진다
그럼 이제 사람들은 이렇게 물어볼 것이다.

"내가 투쟁을 할 준비가 되어 있고, 앞에 말한 것들을 이해하고 아주 신중하게 대처할 의지가 있다면, 이제 어떻게 시작해야 할까요?"

대답은 간단하다. 그럼 시작하는 것이다. 시작하는 데 마술 같은 방법은 따로 없다. 어떤 사람이 차가운 물속에 뛰어들기 위해 수영장 가장자리에 서서 "어떻게 뛰어들면 좋을까요?"라고 묻는다면, 당신은 이렇게 대답할 수밖에 없을 것이다.
"그냥 뛰어들어요. 정신을 집중하고 뛰어들어요!"

앞에서 언급했듯이 정확한 시간 공급이 가지는 최고의 장점은 그것을 미리 써버릴 수 없다는 것이다. 다음 시간, 다음날, 다음 해는 우리를 위해 항상 준비되어 있다. 아주 완벽하게, 조금도 손상되지 않은 상태로 있는 것이다. 마치 생애의 어느 한순간도 잃어버리거나 잘못되면 안 되는 것처럼 말이다.

이러한 사실은 너무나도 다행스럽고 항상 새로운 용기가 솟구치게 하는 것이다. 우리의 선택에 따라서 매일 매 시간이 새롭게 전개될 수 있기 때문이다. 내일, 또는 다음 주까지 기다렸다가 제공되는 시간이란 없다. 다음 주에는 수영장의 물이 따뜻해지리라 기대하겠지만 그런 일이란 없다. 물은 오히려 더 차가워질 것이다.

그러나 일을 시작하기 전에 난 당신의 귀에 대고 몇 마디 경고를 하고 싶다. 열정에 대한 아주 근본적인 경고이다. 무엇이든 아주 잘 해내려고 하는 열정이란 강력한 추진력이 되기도 하지만 쉽게 꺾이기도 한다는 것이다.

열정은 뭔가 시도하려는 사람에게는 꼭 필요한 요소이다. 처음에는 자신의 열정에 스스로 만족하지 못할 것이다. 열정이란 갈수록 더욱더 많은 것을 요구한다. 그래서 마침내 산을 옮기고, 강물의 흐름을 바꾸려고까지 할 것이다.

열정은 땀이 흐를 때까지 만족하지 않다가 어느 순간 이마에 땀이 흐르는 것을 느낄 때, 급작스럽게 지쳐 순식간에 소멸해버린다. "아, 이 정도면 충분해"라고 말할 틈조차 주지 않는다.

초반에 실패를 불러올 수 있는 요인을 최대한 피하라

처음부터 너무 많은 것을 약속하지 마라. 아주 작은 것에 만족하라. 그리고 생각지도 못했던 뜻밖의 난관에 부딪혔을 때는 인간이 가진 나약한 본성을 고려하라.

실패 자체는 중요한 것이 아니다. 더구나 그것이 자신감과 자존감에 상처를 주지 않는다면 문제될 것이 없다. 실패하는 사람들 대부분은 너무 많은 것을 시도하려다가 그렇게 된다.

하루 24시간이라는 제한된 시간을 완벽하게 그리고 최대한 만족스럽게 살겠다는, 너무 거대한 계획은 세우지 마라. 그보다는 초반에 실패를 불러일으키는 어떠한 위험이나 손실도 막아내야겠다고 생각해야 한다. 소소한 성공보다는 찬란한 실패가 낫다는 따위의 생각은 겉멋일 뿐이다. 소소한 것이라도 성공하는 것이 좋다. 찬란한 실패로는 어디에도 이를 수가 없기 때문이다. 그러나 소소한 성공은 커다란 성공을 이끌어낼 수 있는 것이다.

자신의 시간표를 설명해보자

자, 이제 본격적으로 자신이 하루 24시간을 어떻게 보내고 있는지 검토해보자.

아마 당신은 하루의 계획이 이미 넘칠 정도로 가득 차 있다고 말할 것이다. 그러나 정말 그럴까? 자신의 시간표를 다시 한 번 검토해보자.

당신이 실제로 생활비를 벌기 위해 얼마만큼의 시간을 쓰고 있을까? 아마, 평균 7시간 정도? 그리고 실제로 잠자는 데 7시간? 여기에 이런저런 사정을 추가해서 평균 2시간 정도는 여유를 주자. 그리고 나서 나머지 8시간을 어떻게 보내고 있는지 스스로에게 설명해보자.

시간 관리의 문제들

모든 사람들의 시간은 특별하다

하루 24시간을 어떻게 사용해야 하는가라는 문제를 쉽게 파악하기 위해 한 사람의 경우를 예로 들어보자. 단지 한 명의 예를 든 것이므로 그것이 평균이라 할 수는 없다. 평균적인 상황과 평균적인 사람만 존재하는 경우란 없기 때문이다. 모든 사람들의 경우는 각각 특별하다.

도시에 사는 한 직장인의 예를 들어보면 이렇다.

그는 사무실에서 오전 9시부터 오후 6시까지(점심시간 포함) 근무한다. 그리고 집과 사무실을 오가는 데 아침과 저녁으로 1시간 정도가 걸린다. 물론 이 경우보다 더 오랫동안 일해야 하는 사람들도 있을 것이고 반대로 그렇게 오래 일할 필요가 없는 사람들도 있다.

다행스럽게도 여기에서 얼마나 돈을 버느냐는 우리의 관심사가 아니다. 중요한 것은 쥐꼬리만한 월급을 받는 사람이나 수억 원을 벌어들이는 갑부나 시간은 정확하게 똑같이 주어진다는 사실이다.

일반적인 사람들의 업무 태도; 시작은 느리게 끝낼 때는 빠르게

자신의 시간을 사용하는 태도는 자신의 에너지와 자금의 3분 2를 약화시키고 낭비하는 것이다. 이것은 일반적인 사람들이 갖고 있는 아주 전형적인 태도이다.

대부분의 사람들은 최소한 자신이 하고 있는 일을 싫어하지는 않겠지만, 열정까지 가지고 있지는 않다. 그들은 일을 시작할 때는 최대한 미적거리며 늦게 시작해, 끝낼 때는 최대한 빨리 끝내버린다. 이렇게 일하는 동안에 그들의 능력이 최대한 발휘된다는 건 거의 불가능하다.

(이 부분에서 독자들로부터 직장인들의 실상을 일방적으로 단정하고 있다는 비난을 받을 수 있다는 것을 알고 있다. 그러나 이것은 전혀 근거 없는 왜곡이 아니다. 나는 일반적인 도시인들의 속성에 대해 아주 속속들이 알고 있다고 자부하기 때문이다.)

이상한 시간 관리; 8시간은 중요 업무, 15시간은 자투리

그럼에도 불구하고 어떤 사람들은 '하루'의 가장 핵심적인 시간이라고 할 수 있는 오전 9시부터 오후 6시까지를 가장 중요하게 고려해야 한다고 주장할 것이다. 그들에게는 그 앞의 시간과 그 이후의 시간은 단지 중요한 시간의 시작과 끝을 알리는 프롤로그와 에필로그 외에는 아무것도 아닌 것이다.

무의식 중에 갖게 되는 그러한 태도 때문에 그 나머지 15시간 동안은 자신의 관심과 흥미를 적용시키지 못한다. 그 결과 15시간을 모두 낭비하는 것은 아니겠지만, 그 시간은 전혀 생산적으로 계산되지 않고 다만 조각난 자투리 시간으로 생각하게 된다.

시간에 대한 이와 같은 태도는 비합리적일 뿐 아니라 올바르지 못한 것이다. 그것은 시간을 잘 관리해야 한다는 생각이 실제적이지 못하고 형식적인 데 머물고 있는 것이다. 그래서 이 시간에 대해 '그냥 보내거나, 또는 준비하는' 시간 정도의 개념만을 갖게 된다.

하루 3분 2의 시간을 3분 1의 시간보다 부차적인 것으로 생각하는 사람이라면 그는 자신에 대한 열정을 전혀 가지

고 있지 않은 것이 분명하다. 그런 그가 하루 24시간을 어떻게 온전히 완벽하게 보내기를 희망할 수 있겠는가?

정신은 휴식보다 변화를 원한다

자신의 시간을 온전히 충실하게 보내고자 한다면 하루 속에 또 다른 하루를 설계할 수 있는 자세가 있어야 한다. 또 다른 하루란 커다란 상자 안에 차곡차곡 쌓여 있는 작은 상자처럼 오후 7시부터 시작해서 다음날 오전 9시까지 존재하는 15시간 동안이다. 그 15시간 동안은 자신의 몸과 마음을 갈고 닦는 일 외에는 아무것도 할 필요가 없는 자유인이다. 그래서 월급을 받기 위해 얽매인 채 일하지 않아도 되고, 돈 문제에 몰두할 필요도 없다.

이 시간 동안은 '자유로운 프리랜서'와 다를 바 없다는 태도를 가져야 한다. 무엇보다 이런 마음가짐과 태도가 중요하다. 인생에 있어 성공은 바로 마음가짐과 태도에 달려 있다. 이런 태도는 세금을 내야 하는 부동산의 숫자보다 훨씬 더 중요하다.

"15시간 동안 모든 에너지를 소비해 버리면 8시간 동안의 업무 능률을 떨어뜨리지 않을까?"라고 생각하는 사람도 있을 것이다. 그러나 그렇지 않다. 오히려 반대로 업무 능률이 확실하게 향상될 것이다.

직장인들이 알아야 할 가장 중요한 사실 중 하나는, 우리의 정신력은 힘든 노동을 충분히 감당할 수 있다는 사실이다. 정신력이란 팔과 다리처럼 노동 강도 때문에 지치지 않는다. 정신력이 절대로 필요로 하는 것은 휴식(잠을 제외하고)이 아니라, 변화다.

하루 속에 또 다른 하루를 설계하라

이제부터 전형적인 직장인이 아침에 일어나는 것부터 시작해서 자신에게 주어진 15시간을 어떻게 사용할지를 검토하려고 한다. 난 오직 그가 해야 할 일과 하지 말아야 할 일만을 지적할 것이다. 그리고 숲속에 처음 터를 개척하는 이주자처럼 그렇게 시간을 가꾸는 '설계자'가 되어야 한다고 충고할 것이다.

확언하건데, 아침 출근 시간을 낭비하는 사람은 거의 없을 것이다. 대부분은 일어나자마자 씻고 식사를 하거나 혹은 식사를 생략한 채 서둘러 집을 나선다. 그러나 현관문을 닫는 순간 그의 정신력은 허물어지면서 나태해지기 시작한다. 그리고 혼미한 상태로 지하철역까지 걸어가서 언제나처럼 타야 할 지하철을 기다린다(다른 교통수단도 있으나 가장 보편적이라고 생각되는 지하철을 예로 든다).

우리는 매일 아침 수많은 역 플랫폼에서 아무것도 하지 않은 채 분주히 움직이거나 느리게 어슬렁거리는 사람들을 볼 수 있다. 그러는 동안 철도회사는 뻔뻔스럽게도 돈보다 훨씬 더 귀중한 시간을 그들에게서 강탈해가고 있는 것이다. 수천만 명이 자신의 시간을 매일 이렇게 쉽게 잃어버리고 있는 것이다. 이것을 예방할 아주 간단한 방책이 있는데도 이런 시간들을 하찮게 생각하고 활용하려 들지 않기 때문이다.

수표를 헐어 잔돈처럼 쓰는 시간들

그는 매일 쓸 수 있는 '시간이라는 정액 수표'를 가지고 있다. 그는 그 수표를 잔돈으로 바꾸고 조금씩 아주 느릿느릿하게 잃어버리는 것에 그런대로 만족한다. 만약 철도회사가 그에게 표를 팔면서 "승차권을 사기 위해서는 수수료를 내야 합니다"라고 말한다면 당신이 뭐라고 하겠는가? 철도회사에 그렇게 수수료를 지불하는 것과 매일 두 번씩 5분을 빼앗기는 것은 똑같은 것이다.

몇몇 사람은 내가 1분, 1초를 지나치게 따진다고 말할지도 모르겠다. 물론 그렇다. 그러나 조금 뒤에 왜 그렇게 해야 하는지 이유를 알게 될 것이다.

시간을 활용하는 기술

출근 시간; 온전히 자기 자신에게 몰두하라

매일 아침 당신은 신문을 들고 출근할 것이다. 그리고 아주 점잖고 위엄 있게 신문에 몰두한다. 그러나 절대 서두르지는 않는다. 늘 그렇듯이 최소한 30분에서 1시간 정도의 시간이 안전하게 놓여 있기 때문이다.

주로 헤드라인에 눈길을 주면서 정치면 사회면을 습관적으로 훑어보는 당신의 태도는 마치 하루가 24시간이 아니라 124시간인 사람처럼 여유롭게 보인다.

나는 열렬한 신문 애독자다. 난 5개의 영자신문과 2개의 프랑스 일간지를 읽는다. 내가 얼마나 많은 주간지와 정기 간행물을 읽는지는 판매대행업자들만 알고 있다. 내가 굳이 이 사실을 밝히는 것은 매일 아침 출근길에서 신문 읽는 것에 반대한다는 걸 말하기 위해서이고, 이런 주장 때문에 신문에 대한 편견을 가진 사람들로부터 공격받게 되리라는 걸 알기 때문이다.

나는 여러 개의 신문을 열심히 읽지만 내 일상 시간표 어디에도 신문을 위한 시간은 없다. 신문을 읽는 건 어쩌다 빈 시간이 생겼을 때지만, 빠뜨리지 않고 꼭 읽는다.

나는 출근 시간 같은, 완벽하게 혼자 있을 수 있는 더없이 좋은 시간에 어지러운 세상 이야기들이 혼란스럽게 얽혀 있는 신문에 몰두하는 것에 반대한다. 왜냐하면 혼자 조용히, 그리고 완전히 자신에게 몰두할 수 있는 공간은 어디에도 없기 때문이다.

당신은 결코 시간을 다스리는 자가 아니라는 걸 다시 한 번 정중하게 환기시켜 주고 싶다. 당신이 내가 가진 시간보다 더 많은 시간을 가진 것은 아니라고 말이다. 난 값을 매길 수 없을 정도의 가치를 가진 시간을 엉뚱한 데 낭비하는 것을 두고 볼 수가 없다.

출근길에 절대 신문을 읽지 마라! 출근 시간 중 적어도 30분은 유용하게 쓰기 위해 따로 비축해두는 것이 좋다.

퇴근 후; 흩어지는 시간을 묶어라

이제 사무실에 도착했다. 그때부터 저녁 6시까지는 주어진 일을 하고 싶은 방식으로 한다. 다만 평범한 직장인이라면 아마 낮에 정규적으로 1시간 정도(아마, 실제로는 1시간 반)의 휴식 시간이 있을 것이다. 그리고 적어도 그 시간의 반은 식사하는 데 쓰일 것이다. 그러나 나는 그 시간도 나름대로 유용하게 쓰라고 권하고 싶다. 그 시간에 는 신문을 읽어도 좋을 것이다.

일을 마치고 사무실을 나올 때 당신은 피곤하고 지친 모습일 것이다. 아마 아내는 지쳐 보인다고 말할 것이고, 당신은 자신이 얼마나 피곤한지를 그녀가 알아주기를 바랄 것이다. 집으로 오는 내내 더욱더 피곤해진 듯이 느끼게 되고, 찌푸린 하늘에 비를 잔뜩 머금고 있는 우울한 구름처럼 몸은 더욱 무겁게 느껴질 것이다. 집에 도착했을 때는 옷을 갈아입기도 싫을 정도가 된다. 30분쯤 후에 저녁 식사를 하고 담배 한 대를 피우고 나면, 저녁 뉴스를 볼 시간쯤이 될 것이다. 편안한 자세로 앉거나 누워 뉴스를 보고 나면 10시가 조금 넘고, 그 이후부터 잠들 때까지는 딱히 뭔가 한다고 말하기는 어려운 이런 저런 것들을 하면서 시간을 보낼 것이다.

그리고 마침내 주어진 하루 일과를 끝내고 침대로 갈 것이다. 그리고 대략 30여 분을 뒤척이다 잠이 들 것이다. 이렇게 6시간, 어쩌면 그보다 더 많은 시간이 사무실을 나선 후, 마치 꿈처럼 마술처럼, 설명할 수도 없이 사라져버린다.

흥미로운 일이 새로운 활력을 만든다

이것이 일반적인 사례이다.

"맞아요. 당신이 말한 대로예요. 하지만 정말 피곤하니 쉬기도 해야 하고, 부담 없는 여가를 즐길 필요도 있고, 가끔은 친구를 만나 술도 한 잔 해야지, 항상 긴장 상태로 있을 수는 없잖아요"라고 말할 것이다.

그러나 만일 데이트를 하려고 한다면 (특히나 늘 마음에 두고 데이트 기회를 엿보고 있었던 여자라면) 어떤 상황이 벌어질까? 아마 마음이 들떠 피곤한 줄도 모르고 자신을 좀더 멋지게 보이게 하는 데 시간과 정열을 아낌없이 투자할 것이다. 그리고는 데이트가 끝나면 그녀를 집까지 바래다 주고 자신은 다시 지하철을 타고 집으로 돌아온다. 그렇게 4시간 또는 5시간 동안 긴장 상태로 보낸다. 그런 날은 평소처럼 잠자리에 들어 30여 분씩 뒤척이지 않고 바로 잠이 든다. 그녀도, 피로감도 완전히 잊어버린 채로. 그날 밤은 아주 길게(또는 아주 짧게) 느껴질 수도 있다!

만일 아마추어 오페라 합창단에서 3개월 동안 이틀에 한 번, 두 시간씩을 노래하는 데에 봉사했다면 분명 그 시간을 기억하지 않겠는가?

이처럼 퇴근 후라 할지라도 무언가 가치 있는 것, 하고 싶은 것이 있을 때, 그것을 위해 모든 에너지를 발산하게 된다는 것은 결코 부인하지 못할 것이다. 바로 그것이 생활에 더욱 강렬한 활력과 열정을 주는 것이다.

사실 피곤하지 않다

업무가 끝나는 오후 6시, 자신의 얼굴을 한 번 들여다보고 피곤하지 않다는 것을 인정하기 바란다(억지가 아니라 사실 피곤하지 않기 때문이다). 그리고 그 이후의 저녁시간을 단지 저녁을 먹는 시간으로 흘려보내지 마라. 저녁을 먹는 시간과 그 외에 시간을 구분함으로써 적어도 3시간을 확보하게 된다.

그 매일 저녁 3시간을 정신적 에너지를 소비하는 데 쓰라는 것이 아니다. 이틀에 한 번은 1시간 30분 정도를 아주 진지하고, 지속적으로 마음의 수양을 쌓는 데 써보라는 것이다. 그리고 남은 저녁 시간에 친구도 만나고, 운동도 하고, 게임도 할 수 있다.

망설이고 뒤척이는 자투리 시간, 270분을 잡아라

또한 직장인에게는 평일 저녁 시간만 있는 것이 아니다. 토요일부터 월요일 오전 9시까지 40여 시간이라는 훌륭한 재산이 남아 있다. 만약 다른 사람들보다 더 긴장감을 지탱할 수 있는 힘이 있다면, 보다 진지한 삶을 살기 위해 4일 또는 5일 밤 시간을 지속적으로 낼 수 있을 것이다. 그리고 밤 11시를 넘어서면 으레 따라붙는 '자야 하는데……'라는 불안한 강박관념에서 벗어날 수 있다.

잠자리에 들기를 망설이거나 혹은 잠자리에 들어서 오래 뒤척이는 사람은 지루한 삶을 사는 것이다. 한마디로 그는 살고 있지 않다.

일주일에 세 번, 90분씩 갖는 저녁 시간 270분이 중요한 시간이라는 것을 기억하라.

인간의 본성을 거스르지 마라

창조의 법칙을 따를 것; 7일째는 조물주도 쉬었다

토요일부터 회사에 복귀하는 월요일 오전 9시까지의 시간에 대해서 생각해보자. 그리고 일주일이 6일인지, 7일인지도 이야기해보자.

오랜 시간 동안 나는 일주일이 7일이라고 생각해 왔다. 그러나 나보다 더 열심히 그리고 성실하게 살아온, 나이도 많고 현명한 사람들은 일주일은 7일이 아니라 6일이라고 말한다. 6일만으로도 모든 일을 충분히 훌륭하게 해낼 수 있다는 뜻이다.

그것은 실증된 사실이다. 나 역시 일주일에 하루는 아무런 계획도 세우지 않고 순간순간을 마음 가는 대로 보낸다. 그리고 주말의 값진 휴식에 감사한다.

나도 때때로 내 생활을 재정비해야겠지만, 일주일을 6일로 생각하고 사는 것은 바꾸지 않을 것이다. 오랜 시간 동안 일주일을 최대한으로 늘려서 살아온 사람들만이 정기적으로 오는 휴일의 진정한 가치를 알 수 있는 것이다.

시간이 갈수록 나이도 점점 들어간다. 따라서 난 주저 없이 말한다. 넘쳐나는 젊음과 에너지, 욕망을 가졌을 때 노력하라고. 사무실에서 일할 때든 아니든 가리지 말고, 언제나.

그리고 일상의 시간표를 짤 때 일주일을 6일로 계획하라. 만일 더 늘려서 생각하고 싶다면 늘려라. 하지만 무리하지 말고 원하는 만큼의 비율 내에서 늘려야 한다. 그리고 그 시간을 정기적인 수입이 아니라 예기치 않게 횡재한 시간으로 계산하라. 그렇게 함으로써 자신이 결코 시간이 부족한 사람이 아니라는 느낌으로 일주일을 보낼 수 있다.

기적을 만드는 사소한 것들

그럼 지금 우리가 어디에 있는지를 보자.

지금까지 우리는 일주일에 6일간의 아침 시간 30분과 일주일에 3일간 저녁 시간 1시간 30분, 즉 7시간 30분을 모아두는 것을 목표로 했다. 일단은 이렇게 7시간 30분으로 만족하기로 하자.

그러면 당신은 이렇게 말할 것이다.

"당신은 우리에게 새롭게 사는 방법을 가르쳐주겠다고 했다. 그럼 168시간 중에서 7시간 30분만을 가지고 어떻게 살아야 하는지를 보여주려고 한단 말인가? 7시간 30분으로 기적을 일으키려고 한단 말인가?"

그렇다. 당신이 나를 신뢰하고 따를 결심만 해준다면 난 그렇게 하고 싶다. 뿐만 아니라 난 그것을 시도해 기적을 경험해보라고 말하고 싶다. 사실 그것은 기적이 아니라 너무나 당연하고 자연스러운 현상이다.

7시간 30분을 완전하게 사용하면 일주일이 아주 활기차게 될 뿐만 아니라, 삶에 열정까지 불어넣어 줄 것이다. 그리고 아주 따분한 일조차도 흥미롭게 될 것이다.

매일 아침과 저녁에 10분 정도 운동을 하고 있다고 생각해 보자. 처음 얼마간은 그것이 우리의 육체적 건강과 에너지에 얼마나 많은 영향을 끼치는지 알 수 없다. 그러나 규칙적인 운동은 건강을 좋게 하고 생활에 좋은 변화를 준다는 것을 우리는 알고 있다.

마찬가지로 하루에 평균 1시간 정도의 정신 수양은 우리 삶을 윤택하게 하고 지속적인 활기를 준다. 우리는 어떤 일을 하기에 앞서 자신을 계발하는 데 더욱 더 많은 시간을 쏟아야 한다. 그 시간이 길수록 효과도 더욱 커질 것이다. 아주 간단하고 사소하게 보이는 것부터 시작해보라.

습관 바꾸기: 실패의 충격을 최소화하라

사소한 것을 시도해 본 사람은 그것이 절대 사소한 노력으로 이루어지지 않는다는 것을 발견하게 될 것이다. 일상의 냉혹한 생존 경쟁 속에서 7시간 30분을 오직 나를 위해 떼어 놓는다는 것이 너무나 어렵다. 왜냐하면 그 과정에는 희생이 따라야 하기 때문이다.

우리는 이제까지 그 시간을 사용해왔다. 그 시간을 쓰면서 무엇인가를 해왔다. 비록 아무것도 남지 않았을 수도 있지만 말이다.

그렇다면 우리는 습관을 바꾸는 어떤 시도를 해야 한다.

습관은 정말 바꾸기 힘들다. 어떤 변화든 - 설사 그것이 좀 더 나아지고 개선되기 위한 것이라 할지라도 - 언제나 불편과 괴로움을 동반하기 때문이다. 만일 매주 7시간 30

분을 진지한 정신 수양에 지속적으로 몰두하면서도 예전과 같은 생활을 계속하려고 한다면 그것은 큰 오산이다. 거듭 말하지만 변화에는 약간의 희생과 엄청난 결단력이 필요하다.

그 어려움을 알고 있기에, 또 모처럼 마음 단단히 먹고 세운 계획이 실패하면 얼마나 큰 충격을 받게 되는지 알고 있기에, 진심으로 충고한다. 소박하게 시작하라.

무엇보다 자존감이 상하지 않도록 해야 한다. 자존감은 모든 목적의 근간을 이루기 때문이다. 신중하게 세운 계획들이 실패했을 때는 자존감에 치명적인 상처를 입는 것이다. 되풀이해서 강조하고 싶은 것은 바로, 허세를 부리지 말고 침착하게 시작하라는 것이다.

3개월 동안 일주일에 7시간 30분을 진지하게 정신적인 활력을 키우는 데 몰두하게 되면 당신은 스스로에게 어떤 불가능한 것도 해낼 수 있다고 자신 있게, 큰 소리로 말할 수 있게 될 것이다.

지금까지 제시한 시간(7시간 30분)을 사용하는 방법에 대해 이야기하기 전에, 마지막으로 한 가지 더 말해 두려 한다. 저녁에 1시간 30분 정도 무엇인가를 하려면 그 이상의 시간을 비워 두어야 한다. 예기치 않은 일이 생겼을 때, 나약해지는 인간의 본성을 염두에 두어야 한다.

따라서 90분을 위해서는 9시부터 11시 30분까지 2시간 30분을 넉넉하게 확보해야 한다.

마음을 다스리는 주체가 되라

마인드 컨트롤은 누구나 가능하다

많은 이들이 "자신의 생각을 통제할 수 있는 사람은 없다"고 말한다. 그러나 그렇지 않다. 생각하는 기계, 즉 뇌를 통제하는 것은 누구나 가능한 일이다.

자신의 뇌 밖에서 일어나는 생각이란 아무것도 없다. 괴로운 것이든 즐거운 것이든 모두 뇌 안에서 일어나는 것이다. 그리고 무엇보다 중요한 것은 신비로운 뇌에 의해 진행되는 것은 컨트롤할 수 있다는 것이다. 이 오래되고 평범한 상식이 얼마나 중요하고, 또 얼마나 빨리 깨달아야 할 진실인지를 대부분의 사람들은 알지 못한 채 죽는다.

집중력이 부족하다고 불평하는 사람은 자신이 마음먹기에 따라서 얼마나 강한 집중력을 가질 수 있는지를 모르고 있는 것이다. 집중력 없이, 다시 말하면 자신의 뇌로 하여금 어떤 일을 수행하도록 지시할 수 있는 힘이 없이는 보다 근본적인 생활을 수행해나갈 수가 없다. 따라서 마음을 컨트롤하는 것이 무엇보다 필요한 조건이다.

마인드 컨트롤로 하루를 시작하라

하루를 시작할 때 첫번째 해야 할 일은 한발 한발 내디딜 때마다 마음을 컨트롤하는 것이다. 자신의 몸을, 안과 밖을 잘 살펴보라. 만약 자신의 피부에서 털이 뽑혀 나간다면 그 엄청난 위험을 피하기 위해 정신없이 도망가려 할 것이다. 또는 모든 수단을 동원해 그에 대한 대비책을 세우려 할 것이다. 그런데 왜 훨씬 더 섬세한 마음의 장치에는 더 많은 주의를 기울이지 않는가. 더구나 그것은 다른 누군가의 도움이 필요하지 않은 일인데도 말이다.

마음을 컨트롤할 때 필요한 것은 시간과 기술이다. 시간은 이미 앞에서 확보해 두라고 했던 시간, 즉 집을 나서서 사무실에 도착할 때까지의 시간 중에서 일정하게 정해둔 시간이고, 기술은 이 시간을 사용하는 방법이다.

"그럼 거리에서, 플랫폼에서, 지하철에서 그리고 사람들이 붐비는 곳에서 마음을 다스리라는 것인가요?"

당신은 그렇게 물어올 것이다.

대답은 간단하다. 그렇다. 이보다 더 간단한 일은 없다. 어떠한 도구도 필요하지 않다. 책도 필요 없다. 하지만 그럼에도 불구하고 결코 쉽지는 않다.

오직 한 가지 주제에 집중하라

먼저 집을 나설 때, 어떤 한 가지 주제에 정신을 집중한다. 어떤 문제를 어떻게 시작하든 상관없다. 아마 백 미터도 가기 전에, 눈에 보이는 것들 때문에 당신의 정신은 흐트러지고 벌써 다른 문제의 언저리를 떠돌고 있을 것이다.

처음 생각한 주제가 아니면 무엇이든 일단 뒤로 미뤄놓아라. 어쩌면 플랫폼에 도착하기까지 40번 정도 뒤로 미뤄두어야 할 주제들이 생길지도 모른다. 그렇지만 실망하지 말고 계속해라. 해낼 수 있다. 단지 끈기만 있다면 실패하지 않을 것이다.

도저히 마음을 집중할 수 없다는 생각은 전혀 근거 없는 것이다. 아주 신중한 대답을 요구하는 일이 생겼을 때를 생각해 보라. 1분도 쉬지 않고 어떻게 대답해야 할 것인가를 계속 생각했을 것이다. 그리고는 자신이 내린 결론을 말했을 것이다.

왜 그렇게 생각에 집중하는 것이 가능했는가. 그것은 강도 높은 대응을 요구하는 어떤 강력한 상황이 당신을 고무시켰기 때문이다. 바로 그런 때에 당신은 마치 독재자처럼 자신의 마음을 지배할 수 있었던 것이다. 정말 중요한 일이었기에, 꼭 해야만 하는 일이었기에 그것을 해낼 수 있었고, 잘 할 수 있었던 것이다.

끈기 있게 반복하라

단지 반복적인 집중 훈련(특별한 비결은 없다. 인내력, 끈기만이 유일한 비결이다)에 의해 시간과 장소를 불문하고 자신의 마음 위에 군림하는 군주가 될 수 있다.

이러한 훈련은 그렇게 어려운 것이 아니다. 만일 매일 아침에 근육을 단련시킬 목적으로 양손에 아령을 들고 출근하거나, 공부를 위해 10권짜리 백과사전을 가지고 간다면 사람들은 틀림없이 이상한 눈길로 당신을 쳐다볼 것이다.

그러나 이런 훈련은 누구의 시선도 의식할 필요가 없다. 아무도 당신이 무엇을 하는지 모르기 때문이다.

거리를 걸으면서, 또는 지하철 한쪽에 서서, 혹은 편안히 앉아서 가는 동안에 당신이 하루 중에서 가장 중요한 일에 몰두하고 있다는 것을 누가 알겠는가?

아니 설령 안다 한들 그 누가 이상하게 여기거나 비웃을 수 있겠는가?

좋은 책을 도구로 활용하라

오로지 집중만 할 수만 있다면 언제 어디서든지 상관이 없다. 중요한 것은 단지 생각하는 뇌를 훈련시키는 것이다. 다만 이때 어떤 유용한 일에 집중하여 일석이조의 효과를 얻으면 더욱 좋을 것이다.

이를테면 마르쿠스 아우렐리우스의 《명상록》 같은 류의 책을 읽는 것은 권할 만한 일이다.

그런 《명상록》 류의 책들은 너무나 상식적이어서 따분하고 식상한 내용뿐이라고 단정하지 마라. 혹은 너무나 시대에 뒤떨어져서 오늘날에는 맞지 않는 것으로 치부하지 마라. 그런 책들이 오히려 시대를 막론하고 평범한 사람들의 일상생활에 적용할 수 있는 실질적인 내용들이 들어있는 실용서이다.

이 말이 의심스럽다면 당장 오늘밤에 아우렐리우스 《명

상록》 중 아주 짧은 한 개의 장을 선택해서 읽어보라. 그리고 다음날 아침에 그것을 실행해보라. 그러면 이 말의 의미를 바로 알게 될 것이다.

의심하지 말고 시도하라, 끈기 있게 반복하라

이야기가 여기에 이르게 되면 사람들은 이렇게 생각할 것이다.

'이 사람이 주장하는 바는 나름대로 설득력이 있다. 그러나 출근길에 어떤 것에 집중하여 생각하라는 것은 내게는 맞지 않는 일이다. 물론 다른 사람들에게는 충분히 유용할 수도 있겠지.'

그러나 나는 아주 꼭 집어서 말한다. 그것을 해야 할 사람은 그 누구도 아닌, 바로 나 자신이다.

이것을 무시해버린다면 그것은 내가 제안한 것 중에서 가장 귀중한 제안을 무시해버리는 것이다. 이것은 내 개인적인 생각과 주장이 아니다. 이 지구상에 존재해왔던 사람들 중에서 가장 상식적이고 실용적으로 열심히 살아온 사람들이 한목소리로 말하고 있는 것이다. 나는 오로지 그것을 전달하고 있는 것뿐이다.

일단 의심하지 말고 시도해보라. 마음을 다스려라. 끈기 있게 반복하라. 그러면 창조적이고 내실 있는 생활을 방해하는 독소를 반쯤은 치료할 수 있게 될 것이다.

깊이 숙고하라

너 자신을 알라!

정신을 집중하는 훈련은(하루에 적어도 30분 이상) 아주 기본적인 준비다. 인간의 가장 복잡한 구조 중 하나인 뇌를 컨트롤하는 정신력을 갖게 되면 그 다음엔 그것을 자연스럽게 지배하면 된다.

그러나 아무리 충실한 마음 자세를 가졌다 하더라도, 그것이 자기 자신의 가장 훌륭한 단계에 도달하는 데 도움이 되지 않는다면 아무 소용이 없다. 그 충실한 마음가짐으로 꾸준한 학습과 훈련을 해야만 실효성이 있는 것이다.

내가 말하는 아주 기본이 되는 학습법은 이미 우리가 알고 있는 것이다. 이 방법에 대해 토를 달 수 있는 사람은 아무도 없다. 그것은 이전 시대의 현명한 사람들이 모두 인정하는 방법으로, 문학도 아니고 예술도 아니며 역사도 과학도 아니다. 그것은 바로 이것이다.

"너 자신을 알라!"

말하기가 민망할 정도로 진부한 말이다. 하지만 그럼에도 불구하고 이 말을 쓰는 것은 꼭 써야 할 필요가 있기 때문이다. 다시 한 번 말한다.

"너 자신을 알라!"

이 말은 모든 사람들에게 가장 친숙한 경구 중 하나다. 그리고 이 말을 아는 사람들은 모두 이 말의 가치를 인정한다. 그러나 가장 현명한 사람들만이 이 말을 실행에 옮긴다. 그 이유가 어디에 있을까.

사람들은 왜 행복을 찾지 못하는가

오늘날 선량하고 평균적인 삶을 살아가는 사람에게서 그 무엇보다 부족한 것은 '사려 깊은 태도'다. 우리는 대부분의 문제들을 깊이 숙고하지 않는다. 아주 진지하고 중요한 일에 대해서도 깊은 생각을 하지 않는 것이다. 자신의 행복에 대해, 어디를 향해 가야 하는지에 대해, 삶에서 얻으려고 하는 것은 무엇인지에 대해, 자신을 괴롭히는 문제의 근원에 대해, 자신의 행동을 결정하는 요인에 대해, 또한 신념과 행동 간의 유기적인 관계에 대해 생각하지 않는 것이다.

그러면서도 한편으로는 여전히 행복을 추구하고 있으며, 여전히 그것을 발견하지 못하고 있지 않은가? 어쩌면 행복을 추구할 기회조차 가지지 못한 채 습관적으로 살고 있는지도 모른다. 어쩌면 마음 깊은 곳에서 행복이란 도달할 수 없는 것이라고 단정하고 있는지도 모른다.

그러나 그것은 잘못된 생각이다.

행복이란 육체적 혹은 정신적인 기쁨을 통해서 얻어지는 것이 아니라, 참된 동기 계발과 신념을 실행하는 과정에서 얻어진다는 것을 깨달은 사람들은 행복을 손에 넣는다.

원칙에 따라 행동하라

나는 당신이 이것을 부정할 수 있을 정도로 대담한 사람은 아닐 것이라고 생각한다. 이러한 사실들을 인정하면서도 자신의 시간 중에 한부분을 이러한 것들에 대해 심사숙고하는 데 사용하기를 여전히 거부한다면, 어떤 일을 하려고 노력한다 할지라도 그것은 행복을 얻는 데 필요한 노력은 아니라는 것을 인정해야 한다.

나는 어떤 특정한 원리를 강요하고 있는 것이 아니다. 자신이 추구하는 원리가 무엇이든지 상관없다. 설령 다른 사람들의 눈에는 비논리적이고 부당한 행위로 비친다 하더라도 그것이 철저하게 자신의 원칙에 의해 이루어진 것이라면, 그 사람은 행복한 삶을 사는 것이다.

그런 면에서 모든 순교자는 행복하다. 그들은 자신의 원칙에 따라 행동했기 때문이다. 순교자와 같이 극단적인 예를 드는 이유는, 원칙에 따르지 않은 실천은 결코 진정한 것이 될 수 없으며 어리석은 행위일 뿐이라는 것을 강조하고 싶기 때문이다. 실천은 매일의 생활을 진단하고, 숙고하고, 결정하는 '기준이 되는 원칙'에 따라 행해져야만 한다.

생각의 깊이가 결과를 바꾼다

우리는 스스로를 아주 이성적이라고 생각하지만 사실 우리는 지극히 본능적이다. 그리고 깊은 사고를 하지 않으면 않을수록 더욱 비이성적이 된다.

흔한 예를 한 가지 들어보자. 당신이 음식이 너무 짜다고 식당 여종업원에게 화를 냈다고 하자. 이것은 이성적인 행동인가. 그 판단을 위해 먼저 그렇게 행동한 이유에 대해 스스로에게 물어보라. 그리고 차분하게 생각해보라. 길게 생각하지 않아도 그 여종업원은 음식을 요리하지도 않았고, 요리에 관여할 위치에 있지도 않다는 것을 알게 될 것이다. 백번 양보해서 설령 음식이 짠 것이 그녀의 책임이었다 할지라도 화를 냄으로써 얻을 수 있는 것은 하나도 없다. 오히려 품위만 잃게 되고 다른 지각 있는 사람들에게는 교양 없는 사람으로 비칠 것이다. 무엇보다 종업원을 비난하는 동안 음식 맛이 달라지지도 않을 것이다.

조금만 더 깊이 생각했더라면 음식이 짜더라도 종업원을 인간적으로 대했을 것이고, 친절한 마음과 평온함을 유지할 수 있었을 것이다. 그리고 아주 부드럽게 원하는 바를 요청했을 것이다. 이처럼 생각의 깊이를 달리하면 결과도 판이하게 달라진다.

자신을 '뚫어져라 직시하라'

어떤 행동을 실행에 옮기고 원리들을 수정하는 데 필요한 정보들은 주로 책에서 얻을 수 있다.

나는 마르쿠스 아우렐리우스와 에픽테토스의 책들을 추천하지만 꼭 이들의 작품만이 훌륭한 것은 아니다. 각자 개성에 따라서 파스칼이나 에머슨이 더 유용할 수도 있다. 어떤 것이든 자신의 취향에 따라 자신에게 맞는 책을 읽는 것이 좋다. 책을 읽는 것은 아주 가치 있고 중요한 일이다. 그러나 책을 읽는 것만으로 실천에 이르는 것은 아니다.

무엇보다 최근의 자신의 행동에 대해 아주 솔직하고 정직하게 검토하는 것과 자기 자신을 무안할 정도로 뚫어져라 직시하여, 내가 무엇을 하려고 하는 사람인지를 생각하는 것이 일상적인 일이 되어야 한다.

자신의 인생, 자신이 선택하라

그렇다면 이렇게 막중한 일들을 언제 수행하면 좋을까? 나는 저녁에 집으로 돌아가는 길이 가장 좋다고 생각한다. 하루를 열심히 보낸 다음에 차분하고 자연스럽게 자신을 성찰할 수 있기 때문이다.

물론 본질적이고 행복한 삶을 위해 절대적이고 필수적인 이 일(자신의 내면 깊은 곳을 직시하고 진지하게 성찰하는 것) 대신, 온갖 사건이 뒤얽혀 있는 신문을 읽고 싶다면 반대하지는 않겠다. 결국 당신의 시간, 당신의 선택, 당신의 인생이니까.

자, 이제 저녁 시간이다!

지금 할 수 있는 일을 하라

원인 없는 결과는 없다

인간의 인식에는 여러 가지가 있는데 그 중에서 가장 중요한 것은 '원인과 결과에 대한 인식'이다. 여기서 말하는 원인과 결과에 대한 인식이란 지속적인 발전의 과정, 즉 진화의 과정에 대한 인식이다.

원인 없이 발생하는 결과는 없다는 확고한 진리를 자신의 머릿속에 철저하게 담아두고 있다면 그 사람의 정신세계가 넓어지는 것은 물론 마음까지도 너그러워진다.

변화시킬 수 없는 결과에 연연하지 마라

자신이 소중하게 여기는 물건을 누군가 훔쳐갔다면 무척 속이 상하고 화가 날 것이다. 하지만 이미 돌이킬 없는 상황에 연연해서 마음의 고통을 연장하는 것은 스스로를 괴롭히기만 할 뿐 아무런 소득도 없는 일이다. 이런 때는 그 물건 자체에 대한 집착을 버리고 그것을 훔쳐간 사람이 도둑이 되기까지 그에게 미쳤을 여러 가지 환경적인 요인을 생각해보는 것은 어떨까. 마치 어떤 깨달음을 얻는 과정처럼 흥미로운 작업이 될 것이다(그에게 연민과 동정을 느끼게 될 수도 있고, 그를 통해 자기 자신의 문제를 바라보게 될 수도 있으며, 어떤 일이 일어나게 되는 궁극적인 원인에 대해서 보다 포괄적인 이해를 할 수도 있게 될 것이다).

이런 과정을 한 번 거치면 잃어버린 그 물건을 다시 사야 할 때 기쁜 마음까지는 가질 수 없다 해도, 다시 괴로움과 분노를 느끼게 되지는 않을 것이다(원인과 결과를 진지하고 객관적으로 따질 수 있다면, 어떤 불행한 사건이라 할지라도 결국 자기 자신을 위한 과정으로 승화할 수 있게 된다).

'의외성'의 충격과 고통을 줄이는 법

어떤 문제의 원인과 결과를 진지하게 숙고하다보면, 많은 사람들에게 충격과 고통을 주는 '인생의 의외성'이란 문제에서 벗어날 수 있다. 자신이 지배할 수 없는 문제 때문에 괴로워하는 부질없는 태도를 버릴 수 있게 되는 것이다.

납득할 수 없는 일, 해결할 수 없는 일 때문에 괴로움에 시달리는 것은 마치 이해할 수 없는 낯선 풍습들로 가득 찬 외국에서 이방인처럼 살아가는 것과 같다.

하지만 원인과 결과에 대한 생각에 익숙해진 사람은 낯선 땅에서 어리숙한 이방인처럼 살고 있는 것을 부끄럽게 여기게 될 것이다.

인생의 아름다움을 깊이 느끼는 힘

원인과 결과에 대한 숙고는 인생의 고통을 줄여주는 동시에 인생의 아름다움을 더욱 잘 느낄 수 있도록 해준다. 이러한 '진화'를 아무런 가치 없는 것이라 생각하는 사람은 어떤 사물을 보든 생각이 보이는 상태에 제한되어 있다. 이런 사람은 바다를 바라보면서 그저 넓기만 하고 아무 변화 없는 지루한 광경이라고 생각한다. 하지만 연속되는 원인과 결과를 따져보며 발전적인 생각에 익숙해져 있는 사람은 그 바다가 지질학적인 요소로서 한때는 수증기였다가 끓어 오르기도 했으며, 이러한 계속된 순환을 통해 언젠가는 필연적으로 얼음이 될 것이라는 생각을 할 수 있을 것이다.

그는 바다를 액체에서 고체가 되는 과정에 있는 물질로 인식하면서 우리의 아름다운 인생에 대해서도 깊은 이해와 감동을 느끼게 될 것이다.

이러한 인식을 통해 끊임없이 깊어지고 성숙해지는 이해심보다 더 지속적인 만족을 주는 것은 없다. 이러한 만족이야말로 모든 탐구의 목적인 것이다.

문제는 복잡해도 원인은 간단하다

원인과 결과는 어느 곳에서나 발견할 수 있다. 어느 지역에서 갑자기 전세값이 올랐다면, 그것은 그 지역에 사는 사람들 누구에게나 충격을 주고 고통을 주는 문제이다.

하지만 그것에 대해서도 원인과 결과를 따져보는 사람들은 2 더하기 2가 얼마인지 모르는 은행원은 없다는 사실만큼이나 당연하고 쉽게 그 문제를 파악하고 해결책을 찾을 수 있다.

그 원인에는 몇 가지가 있을 수 있지만, 한 가지 예를 들자면 생활비를 절약하려는 사람들이, 도심지에 인접해 있으면서 상대적으로 전세값이 저렴한 그 지역에 한꺼번에 몰려들어 주택 수요가 급증한 것이다.

"정말 간단하군요."

누군가는 경멸하듯 그렇게 말할지도 모른다. 하지만 어떤 일이든 원인은 간단하다. 무척 복잡한 듯이 보이는 변화들을 비롯해 모든 일들은 2 더하기 2만 계산해낼 수 있다면 간단하게 파악될 수 있다.

흥미로운 문제 분석에 시간을 투자하라

당신이 여가를 즐길 만한 특별한 취미가 없는 부동산 중개업자라고 가정해보자. 당신의 문제는 보다 의미 있고 유쾌한 삶을 살고 싶지만 업무는 심드렁하고 일상은 지루해서 어디에서도 흥미로운 일을 찾지 못한다는 것이다.

그러나 잘 생각해 보면 이 세상에 심드렁한 일이란 없다. 변화무쌍하며 흥미진진한 인생이 당신의 부동산 사무실에서도 멋지게 실현될 수 있다. 왜 갑자기 어느 지역의 전세 값이 올랐는가를 찬찬히 따져보는 것도 사실은 흥미진진한 일인 것이다.

이런 식으로 자신이 근무하는 지역에서 나타날 수 있는 재산과 관련된 문제를 매일 밤마다 1시간 이상을 투자해 연구했다고 가정해보자.

그러한 작업은 틀림없이 자신의 업무에 열의를 갖도록 해줄 것이다. 그리고 그 결과 당신의 인생 전체가 바뀔 수도 있다. 하루 1시간 연구라는 아주 작은 차이가 결과에 있어서는 아주 엄청난 차이를 만들어내기 때문이다.

일을 하면서 혹은 일상생활 중에 이보다 더 해결하기 어려운 문제와 마주칠 수도 있다. 하지만 어떠한 문제라도 마찬가지로 원인과 결과를 깊이 따져 얻어낸 자연스러운 결론을 통해 해결책을 찾아낼 수 있다.

호기심을 충족시켜라

부동산 중개업자를 예로 든 것은 지금까지 내가 한 이야기들에 특별한 도움이 되기 때문이 아니다. 하는 일을 바꾼다 해도 마찬가지다.

당신이 은행원이라고 가정해보자. 은행원인 당신은 흥미진진하게 넘어가는 재미에 한 번 잡으면 금세 읽어치우고마는 대중 소설 따위는 읽지 않는다고 하자. 그렇다고 해서 반드시 그것을 계속 고수할 필요는 없다. 대중 소설에 대한 선입견을 버리고 매일 저녁 규칙적으로 읽는다면 어느샌가 자신의 업무가 무척 박진감 넘치며 흥미진진해질 것이며,

인간의 본성에 대해 보다 더 명쾌하게 이해할 수 있게 될 것이다.

도시에서 살더라도 가끔은 교외의 전원으로 나가 자연을 즐기려고 하는 사람들이 많다. 비록 짧은 시간이라도 자연 속에서 호흡하는 것은 분명 도시보다 넉넉한 마음을 품게 하는 일이다.

그런데 그렇게 생각하고 있다면 왜 지금 당장 슬리퍼를 신은 채로 문을 열고 나가 가까운 공원을 찾지 않는가? 환히 밝힌 가로등 아래로 가서 불빛을 향해 맹렬하게 달려드는 곤충들을 관찰해보라. 그것이 아무것도 아닌 것 같지만 그러한 관찰을 통해 알게 된 것들을 체계적으로 정리하다 보면 마침내 의미 있는 어떤 현상을 발견할 수도 있다.

의미 있는 삶을 살기 위해 반드시 예술이나 문학이 필요한 것은 아니다. 일상적인 행동과 매일 마주치는 모든 장소에서 자신의 호기심을 만족시켜줄 것들이 기다리고 있다. 호기심을 충족시키는 것, 그것이 바로 인생이다. 그렇게 해서 얻어지는 만족감을 통해 세상의 이치를 깨닫게 되는 것이다.

유용한 독서 습관을 길러라

소설; 긴장감 없는 편안한 독서

일반적으로 소설은 진지한 독서에 포함되지 않는다. 그러므로 자신의 변화를 위해 매주 일정한 시간을 할애하여 찰스 디킨스의 작품들을 완벽하게 연구하겠다는 계획을 세웠다면, 그 계획을 조금 변경할 것을 권한다.

소설들이 진지하게 읽을 내용을 담고 있지 않아서가 아니다. 실제로 이 세상의 위대한 문학 작품으로 손꼽히는 많은 작품들이 소설의 형태로 작성되어 있다. 그럼에도 불구하고 소설을 권하지 않는 것은 나쁜 소설은 읽어서는 안 되고, 좋은 소설은 독자들에게 고도의 정신적인 능력을 요구하지 않기 때문이다.

가끔 까다로운 내용을 담고 있는 소설들이 있기는 하다. 하지만 좋은 소설은 조그마한 범선을 타고 물길을 따라 흘러가듯이 쉽게 읽히고 아무리 숨가쁘게 마지막 목적지에 도달하더라도 지치게 만들지는 않는다. 가장 훌륭한 소설은 정신적 긴장감을 가장 적게 주는 소설이기 때문이다.

자신의 정신세계를 가꾸기 위한 노력의 가장 중요한 요소들은 분명 긴장과 고통을 느끼도록 한다. 그래서 당신은 그것을 이루기 위해 노심초사하면서도 한편으로는 피하고 싶어지기도 하는 것이다. 하지만 소설을 읽는 동안에 그러한 심리상태를 경험해볼 수는 없다. 소설《안나 카레리나》를 읽기 위해 안간힘을 쓸 이유는 없는 것이다. 그러므로 소설을 읽기 위해 여가 시간의 많은 부분을 할애할 필요는 없다는 것이다.

시; 상상력과 긴장감

상상력을 요구하는 시의 경우 소설보다는 훨씬 더 강한 정신적 긴장을 필요로 한다. 아마도 문학작품 중에서는 가장 치열한 정신적 긴장을 필요로 하는 장르일 것이다. 그래서 시는 최고의 문학 형태로 인정받고 있다. 시는 최고의 기쁨과 최고의 지혜를 제공한다. 한마디로 시와 비교할 만한 문학 장르는 없다. 그래서 현재 대부분의 사람들이 시를 읽지 않고 있다는 사실은 무척 슬픈 일이다.

훌륭한 사회적 지위를 가진 사람들에게 밀턴의《실락원》을 읽는 것과, 한낮에 남루한 옷을 입고 도심지를 빈둥거리며 기웃거리는 것 중 한 가지를 선택하라고 하면, 나는 그들이 분명 사람들의 웃음거리가 될 수도 있는 후자를 선택할 것이라고 확신한다.

시 읽기: 수필과 산문시로 시작하라

만약 아직도 시를 비밀스러운 미지의 땅으로 생각하고 있다면 윌리엄 해즐릿이 쓴, 시의 성격에 관한 유명한 수필을 읽어보기를 권한다. 영어로 작성된 시와 관련된 수필 중에서 가장 훌륭한 작품이므로, 한번 읽어본 사람이라면 시를 중세의 고문이거나, 미친 코끼리거나, 저절로 발사되어 주변 사람들을 모두 죽여버리는 권총쯤으로 생각하는 사람은 아무도 없을 것이다.

그의 수필을 읽고 나면 곧바로 시를 읽고 싶어지게 된다. 만약 당신이 그 수필을 읽고 지금 당장 시를 읽고 싶은 마음이 생겼다면 무엇보다 순수 산문시로부터 시작할 것을 권하겠다.

조지 엘리엇이나 브론테 자매 혹은 제인 오스틴이 쓴

소설보다 훨씬 더 훌륭한 작품이 있다. E.B. 브라우닝 (Browning 1806~1861 : 영국의 여류 시인)이 쓴 《오로라 리》가 바로 그 작품이다. 운문으로 작성된 이 작품은 훌륭한 시의 장점을 두루 갖추고 있다.

어떤 일이 있더라도 끝까지 다 읽어보겠다고 생각하되, 훌륭한 시라는 것을 너무 의식할 필요는 없다. 이야기를 듣는 것처럼, 세상에서 일어나는 이런저런 이야기를 알게 되는 것처럼 편안한 마음으로 읽어보라. 그렇게 다 읽고 난 후에 스스로 아직까지도 시를 싫어하고 있는지 판단해보라. 지금까지 그 작품을 읽고 난 후에 자신이 시를 싫어했던 것이 시에 대한 완벽한 오해 때문이었다는 것을 깨닫지 못한 사람은 없었다.

역사책, 철학책; 책읽기 습관이 형성된 다음 도전하라

당신이 만약 해즐릿이 제시한 방법을 따라 시도해보았지만 여전히 시를 좋아할 수 없다면 역사나 철학책으로 관심을 돌리는 것이 좋다. 그것이 분명 안타까운 일이기는 하지만 슬퍼할 일은 아니다.

《로마제국흥망사》도 《실락원》만큼이나 훌륭한 작품이라

할 수 있다. 그리고 허버트 스펜서(Spencer 1820~1903 : 영국의 철학자)의 《제1원리》와 같은 작품도 앞서 언급한 훌륭한 시들과 어깨를 견줄 수 있으며, 인간의 정신이 만들어낼 수 있는 가장 훌륭한 작품들 중의 하나라 할 수 있다.

이제 막 긴장해서 책 읽기를 시작하려는 초심자들에게 추천하기에는 위의 책들이 무리가 될 수 있지만, 일 년 이상 지속적으로 독서를 통해 평균적인 교양을 갖춘 사람들이라면 망설일 이유가 없다. 그런 사람들에게 위의 두 권은 역사와 철학의 걸작으로서 충분히 공략해볼 만하다. 이러한 걸작들이 훨씬 더 다가서기 쉬운 이유는 놀랄 만큼의 명징한 내용을 담고 있기 때문이다.

책읽기 훈련 첫 단계; 기간과 주제를 분명하게 정하고 시작하라

이제 막 독서를 시작하려는 사람들에게는 더 이상 특별한 작품을 권하지는 않을 것이다. 권하고자 마음먹으면 이 책을 통해 전달하려는 내용보다 훨씬 더 많은 지면이 필요할 것이기 때문이다. 하지만 중요한 두 가지 요소는 이야기하려 한다.

첫번째는 책을 통해 얻고자 하는 것과 독서의 방향을 명확히 정하라는 것이다. 일정한 기간을 정해두거나 주제와 작가를 한정하여 독서를 시작해야 한다.

이를테면 이렇게 구체적으로 마음먹도록 한다.

'프랑스 혁명에 대해 알아봐야겠다.' 혹은 '철도의 발달과정을 알아보거나 셰익스피어의 작품들을 읽어봐야겠어.'

그리고 주어진 기간 동안 목표한 대로의 독서가 이루어지기 전까지는 자신이 선택한 주제를 계속 탐구하는 것이 좋다. 어떤 특정한 내용에 대해 전문적인 지식을 갖추게 되면 크나큰 기쁨을 맛볼 수 있다.

책읽기 훈련 두번째 단계; 읽은 것에 대해 깊이 생각하라

두번째로는 공을 들여 책을 읽는 것만큼 깊이 생각해보라는 것이다. 내 주변에는 오랫동안 책을 읽고는 있지만 마치 버터 바른 빵을 잘라먹듯 '읽어치우기만' 하는 사람들이 있다. 그들은 마치 술을 마셔 없애버리는 듯한 태도로 책을 읽는다. 그들은 마치 자동차를 타고 풍경을 둘러보는 것처럼 문학의 변방을 주마간산 격으로 넘나든다. 그들이 독서하는 목적은 오로지 '책들 사이를 이리저리 옮겨 다니는 것'처럼 보인다. 그리곤 당신에게 일 년 동안 얼마나 많은 책을 읽었는지에 대해서만 떠들어댄다.

책을 읽은 후에는 책을 읽는 시간의 반 정도를 할애해서 자신이 읽은 내용에 대해 세심하게 되짚어 생각해보아야 한다. 처음엔 그렇게 하는 것이 무척 따분할 것이다. 하지만 그렇게 하지 않는다면 당신이 공들여 책을 읽었던 시간들이 모두 쓸모없이 버린 시간이 될 것이다. 이 말을 달리 하자면, 책은 천천히 읽어야 한다는 뜻이다.

다른 일에는 신경 쓰지 말고, 책을 읽는 목적도 잊어라. 오로지 책이 제공해주는 풍경에만 몰두하라. 어느 정도 거기에 익숙해지다보면 전혀 기대하지도 않았는데 갑작스럽게 어느 언덕 위에서 눈부시게 아름다운 마을을 마주치게 될 것이다.

경계해야 할 위험들

지금까지 자신에게 주어진 시간을 아무런 생각 없이 흘러가는 대로 살기보다는 의미 있는 목표를 이루기 위해 충실하게 써야 한다는 이야기를 했다. 이제 마지막으로 진지한 열망을 품고 충실한 인생을 향해 나아가는 과정에 놓여 있는, 몇 가지 위험들과 그것을 극복하는 방법들에 대해 이야기하면서 이 글을 마치고자 한다.

아는 것을 자랑하지 마라

가장 끔찍한 첫번째 위험은 정말 밉살맞고 마주치고 싶지 않은, '잘난 척하는 사람'이 될 수도 있다는 것이다. 여기서 말하는 잘난 척하는 사람은, 자신이 남다르게 지혜가 뛰어나고 탁월한 능력이 있는 듯한 거만한 태도를 취하는, 정말 견디기 힘든 인물을 말한다.

이런 사람은 제 자랑만 늘어놓는 바보여서 자신의 옷차림에서 가장 중요한 부분이 빠졌다는 것도 모르는 채, 마치 자신의 유머 감각을 보라는 듯 거들먹거리며 거리를 활보하는 사람이다.

이런 사람은 자신이 어떤 발견을 해냈을 때, 그것에 대해 이 세상이 전혀 알아주지 않는다며 무척이나 기분 나빠하는 부류의 사람이다. 자기 자신도 느끼지 못하는 사이에 그러한 인물이 될 수 있다는 것은 치명적인 일이다.

이런 위험을 자초하지 않기 위해 반드시 기억해두어야 할 것이 있다. 자신의 하루를 알차게 관리하겠다는 계획을 실천하기 전의 생각은 분명 남의 시간이 아닌 바로 자기 자신의 시간을 잘 관리하겠다는 것이었다는 점이다. 즉 내가 시간 관리를 균형 있게 하기 전에도 지구는 지극히 평온하게 돌아가고 있었으며, 나의 새로운 시도가 성공하든 실패하든 앞으로도 계속 평온하게 돌아갈 것이라는 사실이다. 그러니 자신이 어떤 일을 시도하고 있는지에 대해 시끄럽게 떠벌일 필요가 전혀 없다. 또한 나 이외의 모든 사람들이 시간을 헛되게 쓰고 있으므로 진정으로 사는 것이 아니라며 혼자 고통스러워할 필요도 없다.

궁극적으로 자기 자신의 문제에만 집중하는 것이 내가

할 수 있는 최선이라는 말이다.

무리한 계획의 노예가 되지 마라

또 다른 위험은 자신이 만들어놓은 계획에 얽매여 전차를 끄는 노예가 될 수도 있다는 것이다. 자신이 한 번 세운 계획은 스스로 깨뜨려서는 안 된다. 그것은 분명 존중되고 지켜져야 할 원칙이다. 하지만 그렇다고 해서 계획을 맹목적인 숭배의 대상으로 삼아서는 안 된다. 하루하루를 위한 계획은 절대 종교가 아니기 때문이다.

하지만 이처럼 명백한 사실을 인정하지 않음으로써 자신의 삶을 부담스럽게 만드는 것은 물론이고, 주변 사람들과 친구들에게까지 엄청난 부담을 주는 사람들이 있다.

그런 남편 때문에 곤욕을 겪은 아내가 이렇게 말하는 것을 들었다.

"내 참 기가 막혀서. 내 남편은 언제나 아침 8시 정각이 되면 개를 끌고 운동하러 나가요. 그리고 딱, 9시 15분 전부터는 누가 뭐래도 독서를 시작한다구요. 그러니 함께 보낼 수 있는 시간이 있겠어요."

이러다간 분명 꼴사납게 인생을 마치게 될 것이다.

이 경우와는 정반대로 계획이 그저 계획으로 끝날 수도 있다. 한 번 지키지 않기 시작하면 그것은 썰렁한 농담과 다를 바 없이 끝나게 된다. 일단 세운 계획은 너무 지나친 융통성을 부리거나 너무 엄격하지 않게, 적절한 의무감으로 원칙에 맞게 지키는 것이 좋다. 물론 경험이 없는 사람들에게는 이런 내적 규율을 갖는다는 것이 그리 간단한 문제는 아니다.

계획은 조금씩 순차적으로 진행하라

그 외의 조심해야 할 또 다른 위험은 자신의 계획을 너무 급속하게 진전시키려 하는 것이다.

아침 8시 정각이 되면 강아지를 끌고 산책하러 나가고, 9시 15분 전에는 책을 읽기 시작한다는 계획을 세웠다면 언제나 그 시간에 맞추어야 한다는 부담이 생긴다. 이럴 경우 그때그때 계획을 의도적으로 변경하는 것으로는 문제를 해결할 수 없다.

문제는 한번 세운 계획을 융통성 없이 지속하는 것에서 발생하는 것이 아니라, 근본적으로 계획을 너무 부담스럽게 세우고 무리하게 지키려 하는 데서 발생하는 것이다. 이러한 문제의 유일한 해결책은 계획을 다시 세우고 조금씩 순차적으로 실행하는 것이다.

하지만 지적 욕구는 지식이 쌓이면 쌓일수록 더욱 커지게 마련이어서, 숨 쉴 틈도 없이 서두르는 사람들이 생겨난다. 그런 사람들은 "숨가쁘게 서두르는 것이 영원히 졸고 있는 것보다 낫다"고 말할 것이다.

하지만 계획이 너무 무리하게 진행되는 경향이 있는데도 그것을 수정하지 않으려고 한다면 문제가 생긴다. 이에 대한 가장 좋은 대책은 서서히 한 가지씩 진행하는 것이다.

예를 들어, 책을 읽기 전 5분 정도는 아무런 생각도 하지 않고 완벽하게 정신적인 침묵의 시간을 갖는 것이다. 다시 말해, 시간이 지나가는 것을 충분히 의식하며 그 5분을 흘려보내는 것이다.

마음이 조급해지면 그 다음에 해야 할 일에 집착하게 되어 정작 현재의 목표치에 소홀하게 된다. 조급한 마음을 갖게 되면 언제나 감옥에 갇혀 있는 듯이 느끼게 될 것이며, 오로지 목표를 달성하는 데만 목적을 두게 되어 자신의 인생을 살고 있다는 생각조차 못하게 될 것이다.

시작 단계에서 실패하지 않도록 과도한 의욕을 통제하라

마지막으로 가장 치명적이라 할 위험은 앞서 언급한 이야기 속에 들어 있다. 그것은 바로 이러한 시도를 막 시작하는 단계에서 실패해버리는 것이다.

이것은 내가 아주 강조하고 싶은 중요한 문제이다. 시작 단계에서의 실패는 활기찬 인생을 시작하기 위해 새롭게 품은 의욕을 한순간에 사라지게 만든다. 따라서 그러한 위험을 피하기 위한 대비책들이 있어야 한다.

우선 지나친 의욕을 품어서는 안 된다. 계획의 첫걸음을 과도하다 할 만큼 천천히, 그리고 최대한 규칙적으로 내딛어야 한다.

그리고 어떤 과제를 성취하겠다고 결심했다면 지루하거나 싫증이 날지라도 꼭 해내야만 한다. 피곤하고 지루한 노력을 통해 성취한 '자기 확신'이라는 수확물의 가치는 상상 이상으로 엄청나기 때문이다.

자연스럽게 끌리는 것을 먼저 선택하라

마지막으로 기억해야 할 것은 저녁 시간에 실천할 첫번

째 과제를 선택할 때, 자신의 취향에 따라 자연스럽게 끌리는 것만 선택하라는 것이다.

걸어다니는 철학 백과사전이라는 말을 듣게 되는 것은 참으로 멋진 일이다. 그러나 만약 철학에 대해서는 아무런 관심도 없고 오히려 번화가의 역사에 대해서 관심이 있다면, 철학을 공부하겠다는 생각은 접어두고 번화가에서 들려오는 소리에 관심을 기울이는 것이 훨씬 낫다.

제2장
자신을 변화시키는 생각의 기술

자신이 서 있는 자리를 파악하라

기계를 사랑한 사람들, 하늘을 날다

역사적으로 보면 다른 무엇보다 기계를 훨씬 더 애틋하게 사랑한 사람들이 있었다. 어쩌면 그들은 이 세상에서 가장 행복한 사람들일지도 모른다. 비아냥거리기 위해 하는 말이 아니다. 이미 증명된 진실을 말하고 있는 것이다.

하나의 기계를 완성하기 위해 온 신경을 집중했던 그들은 분명 다른 누구보다 더 많은 축복을 받은 사람들이다.

지금도 우리들 주변에 그런 사람이 한두 명쯤은 있을 것이다. 과거에 그들은 자동차를 만들어냈고 최근에는 비행기를 만들어냈다.

이른바 발명가라는 그 사람들을 관찰해보자. 일반적으로 보면 발명이 그들의 주된 직업은 아니다. 여가시간을 이용해 발명을 하는 것이다. 그들은 아침식사를 하기 전에, 거리와 사무실에서, 저녁식사 후에 그리고 일요일에 새로운 것을 만드는 일에 열중한다.

일상에서 벗어나는 저녁 나절에 그들은 커다란 열정과 기대를 품고 집으로 황급히 돌아간다. 마치 굶주린 강아지가 뼈다귀에 달려드는 것처럼 그들은 공휴일을 확실하게 활용한다.

그들은 골프나 브릿지 게임도 하지 않고 소설이나 잡지도 읽지 않으며 모임에 나가 맥주도 즐기지 않고 증권이나 정치적인 모임에도 관심이 없다. 심지어는 모두들 즐거워하는 일을 보고도 눈길조차 주지 않는다.

또한 그들은 실패로 인해 당혹스러운 순간에도 그 다음 할 일에 대해 전혀 갈등하지 않는다. 그들이 맞이하는 저녁 시간은 전혀 지루하지 않다. 오히려 언제나 시간이 너무 짧기만 하다. 당신은 그들을 밤 12시에 침대에서가 아니라 뒷마당의 창고 안, 불을 환히 밝혀놓은 작업장의 기계 밑에서 볼 수 있다.

그들은 줄곧 온 정신을 집중하며 기계에 푹 빠져 있다. 그들은 기계를 만드는 것에서 그치지 않고 그것에 완벽을 기하고 있는 것이다. 어느 한 부분을 제대로 만들어 놓으면 다른 부분이 잘못된다. 그래서 그것을 제대로 고쳐 놓으면 또 다른 부분이 마음에 들지 않는다. 일은 줄곧 그런 식으로 진행된다.

마침내 완벽하게 되었다고 확신하게 되었을 때, 작업장 밖으로 그 기계를 끌고 나온다. 하지만 불과 5분도 되지 않아 기계는 부품이 튕겨져 나가고 연기가 나며 엉망이 되고 만다. 섣부르게 완벽하다고 믿고 시동을 걸었기 때문이다. 그 후로 일은 또다시 처음부터 시작된다. 그들은 포기하는 법이 없다. 그 기계가 망가진 것은 간단한 무언가를 무시했기 때문이라는 것을 알았으므로 일은 다시 시작된다. 그들은 완벽하게 만들 수 있는 방법을 즉시 알아차린 것이다. 따라서 그들의 삶 또한 바빠진다.

"제대로 움직이기나 하겠어?"

당신은 냉소적으로 한마디 한다. 그러나 그렇다 한들 또 어떻단 말인가. 라이트 형제도 그렇지 않았던가. 당신의 냉소 속에는 그들의 기계와 그들의 정열적인 몰두에 대한 질투가 섞여 있는 건 아닌가?

지치지 않는 기계가 되고 싶다는 상상

아마 거울 앞에서 빗질을 하고 있을 때, 처음으로 흰머리를 발견했던 적이 있었으리라. 그 즉시 빗질을 멈추었다가 곧 더욱 더 급하게 빗질을 하게 될 것이다. 그리고 충격을 받지 않은 것처럼 행동하겠지만 당혹스러움을 감출 수는 없을 것이다.

어쩌면 이런 문제보다 더 당혹스러운 순간도 있었을 것이다. 언젠가는 겪을 것이라고 생각하고 있던 어떤 일이 갑작스럽게 이미 닥쳐와 있거나, 훗날 이루어질 것이라 기대하고 있던 어린 시절의 꿈이 전혀 다르게 실현돼 있는 것을 깨닫는 순간 말이다.

결혼생활은 기대했던 것과는 전혀 다르게 너무나도 단조롭게 지속되고 품고 있던 환상들은 여지없이 깨져버렸다. 여가나 취미생활도 전혀 즐겁지 않은 지루하고 하찮은 일이 되어버렸다. 의미 있었던 일들도 모두 그저 그렇고 앞으로 다가올 날들도 죽을 때까지 현재보다 더 나을 것 같아 보이지 않는다.

그리고 어느 한 순간, 아무런 생각도 없이 장문의 편지를 쓰다가 사는 것이 의미가 있는 것인지 전혀 의미가 없는 것인지를 갑자기 생각하게 된다. 앞으로 이루어야 할 일도 전혀 없고 그저 우울하고 단조로운 미래만이 예측될 뿐이다. 지루함에 가슴이 눌리는 고통을 당하면서도 짐짓 즐거운 것처럼 꾸며야 한다. 바로 그런 순간에 우리는 인생이 그저 '평범하다'는 것을 깨닫게 된다.

그런데 그 순간에 지칠 줄 모르는 기계가 되고 싶다고 생각해 보는 것은 어떨까? 절대 그 끝이 존재하지 않는 그런 기계. 불을 환하게 밝힌 뒷마당의 구질구질한 작업장 바닥에 머리를 누이고 실패를 해가며, 가끔 감기도 걸리겠지만 어떤 목표를 향해 푹 빠져드는 건 어떨까?

매혹적인 '기계'는 내 안에 있다

기계를 만드는 천부적인 재능이 자신에게 없다는 것에 대해 우울하게 한탄해본 적이 있는가?

또는 자신이 기계를 소유하고 있다는 생각을 해본 적이 있는가. 작업장에 있는 그 어떤 기계보다 더 훌륭한 기계를 가까이에 두고 있다는 생각을 한 번도 해본 적이 없다면, 눈뜬 장님이며 참으로 둔감한 사람이다. 사실 복잡다단하고 섬세한 조절이 가능하며 깜짝 놀랄 만큼 기적적인 가능성을 지녔으며 끊임없는 흥미를 제공해주는 기계를 우리는 이미 소유하고 있다.

그 기계는 바로 우리 자신이다.

"이 친구가 지금 지루한 설교를 늘어놓고 있군. 나한테는 그런 게 없어."

아마도 화난 목소리로 그렇게 대꾸할 것이다. 그러나 난 지금 설교를 하려는 것이 아니다. 설령 설교를 하고 있는 것이라 해도 나는 모든 사람이 그런 기계를 갖고 있다고 생각한다.

당신이 거칠게 거부하려 해도 나는 당신을 한동안 잡아 둘 수 있다. 난 설교를 늘어놓고 있는 것이 아니다. 나는 그저 당신이 어떤 사실에 대해 집중하도록 만들려고 하는 것이다. 그 사실은 어쩌면 당신의 마음속에서 완전히 혹은 부분적으로 사라진 것으로, 말하자면 당신이 바로 가장 매혹적인 기계 그 자체라는 사실이다. 당신은 스스로를 정당하게 평가하지 않고 있는 것이다.

흔히들 인간만이 자기 자신에 대해 관심을 갖는다고 한다. 진실을 말하자면 인간은 하나의 규범으로서 자신을 제외한 모든 생명 있는 것에 관심을 갖고 있다. 그러나 자기 자신은 별다른 의심 없이 받아들이는 습관이 있다. 그리고 그러한 습관이 현실에서 겪는 지루함과 좌절감의 원인이 된다.

화가 나는 건 당연해!

한밤중에 잠에서 문득 깨어났다면 다시 잠 속으로 빠져들기 전에 그 사람의 뇌는 공간에 대해 익숙하게 반응할 것이다. 저녁 나절의 흥분이 지나고 희망의 새벽이 오기 전, 그 순백의 시간에 그는 모든 사물들을 있는 그대로의 색상으로 바라볼 수 있다. 자기 자신만을 제외하고.

자신의 현실을 명확하게 둘러보는 데 잠 못 드는 잠자리만큼 적절한 때는 없다. 가족들이 어질러놓은 잡동사니들도 보일 것이고, 비록 명확하지는 않다 해도 자신이 저지른 실수들도 순간적으로 머릿속에 떠오르게 될 것이다. 가족들과 관련된 기쁨도 떠오르겠지만 곧 그들에 대한 걱정으로 인해 맘껏 즐기지도 못할 것이다. 삶의 모든 결함들을 받아들이며 혹독하고 가슴 아프고 어찌 해볼 도리 없는 현실로서 그것들을 마주할 것이다. 그리고 이렇게 투덜거릴 것이다.

'화가 나는 건 당연해. 누군들 화가 나지 않겠어. 맞아, 난 지쳤어. 내가 20년 전에 이런 상황을 기대했던 걸까? 그래, 조금 더 저축을 해야만 해. 하지만 지금까지 저축도 제대로 못 한 채로 이렇게 살고 있잖아. 내가 그렇게 담배를 많이 피우지 않았더라면 더 나았겠지. 아무 생각 없이 술을 마셔댄 것도 잘못이야. 가족과의 관계도 나빠지기만 하고. 운동도 거의 하지 않았고. 한마디로 닥치는 대로 살았지. 이런 일상들이 달라지지 않으리란 걸 알고 있었기 때문에 아주 조금이라도 바꾸어보려는 생각조차 하지 않았어. 정말 살기 어려운 세상이야. 알다시피 행복이라는 건 절대 실현시킬 수 없어. 아, 세상살이가 달라진다면……'

그 사람은 그렇게 차츰 혼란에 빠져들 것이다.

그러나 꼼꼼히 따져보자. 그 사람은 자신의 실수들을 빤히 바라보기만 하다가 눈길을 돌려버리며 자신의 현실을 그대로 받아들이고 있다. 그가 주목하는 것은 자신의 주변 환경이다. 그리고 자신이 아니라 환경이 달라지기를 원하고 있다. 자신의 경험상 자신의 변화를 꿈꾸는 것이 부질없는 것이라 믿고 있는 것일까?

그 사람이 원하는 것은 담배가 저절로 끊어지는 것이며, 술잔이 알아서 자신을 멀리 해주는 것이고, 주머니 속의 돈이 슬그머니 빠져나가지 않는 것이며, 매일매일 자신의 다리가 스스로 툭 트인 운동장에서 몇 마일이고 달려주는 것이며, 습관이 스스로 작동하고, 그의 농담 한마디에 자신의 가족들이 유쾌하게 반응해주는 것이며, 모든 것이 전자동 문처럼 늘 완벽하게 영원히 그렇게 되기를 원하고 있는 것이다.

현명한 사람이라면 이러한 일들이 일어날 수 없다는 것을 잘 안다. 그래서 그 사람은 즉시 물러앉아 영원한 불만의 세계 속에 정착하고 만다. 그런 그를 비합리적이라 말할 사람은 아무도 없으리라.

바위를 채찍질하는 사람들

어쨌든 그 사람은 자신이 가진 기계에 대해 전혀 관심이 없다는 것을 알게 됐다. 그 기계를 일단 자동차라고 하자. 그 자동차는 지금 길 위에서 덜컹거리는 소음을 내면서 매연을 뿜고 있다. 도로 위에서 그는 이렇게 말한다.

"이 도로는 비단결처럼 부드러워야만 해. 저 앞에 있는 언덕은 말도 안 돼. 그리고 저 반대편 내리막길은 너무나 위험해. 게다가 이 구불구불한 도로는 또 뭐람. 전방 100미터도 볼 수가 없잖아."

그는 지금 지방정부가 모든 도로들을 말끔히 닦아놓아야 한다거나 군대를 동원해서 그 언덕을 밀어버려야 한다는 설익은 생각을 하고 있는 것이다. 하지만 그는 나름대로 합리적인 사람이므로 그런 생각을 곧 떨쳐버리고 모든 것을 그대로 받아들인다. 옷을 잘 차려입고 이치에 맞게 기계 위에 앉아 모든 것을 용납한다. 누군가가 이렇게 말할 것이다.

"저런 바보. 왜 차에서 내려 타이어에 바람이라도 넣어보지 않는 거야. 만약 점화장치에 문제가 있다면 그건 분명히 기어박스에 오일이 부족해서 그런 거잖아. 왜 저러고 있는 거지?"

그 사람이 왜 그러고 있는지 지금부터 내가 이야기를 해주려 한다. 그것은 자신이 지금 기계 위에 앉아 있다는 것을 전혀 의식하지 않고 있기 때문이다. 자신이 어디에 있는지 살펴보지도 않았던 것이다. 그리고 그의 의식 저 한구석에는 자신이 단단하고 변하지 않는 바위를 타고 앉아 어딘가를 향해 달리고 있다는 어렴풋한 의식만이 있는 것이다. 채찍을 휘두르며….

살아가는 기술을 배워야 한 걸음이라도 진보한다

인간은 기계다

인간은 하나의 기계다. 우리의 전 인생을 이 기계와 함께 살아가야 한다는 걸 생각한다면, 또 이 기계가 외부 세계와 만나고 조화를 이루는 유일한 수단이라는 것을 생각하면 우리가 이 기계를 너무나 소홀히 대하고 있다는 사실을 알게 될 것이다. 여기서 '우리'라고 말하는 것은 인간의 저 깊은 곳에 내재해 있는 정신을 뜻한다. 즉 신비로움을 간직하고 있는 본능적인 부분을 말하는 것이다. 인간에게 있는 '기계'는 바로 두뇌와 몸을 지칭하는 것인데 그 중 특히 '뇌'를 의미한다. 그리고 뇌와 몸을 통해 드러나는 영혼의 표현이 바로 우리가 '살아가는 기술'이라 부르는 것이다.

이 기술은 학교에서 제대로 배울 수 없다. 학교에서는 그저 하루하루를 살아가기 위해서는 많은 시간 동안 팔과 다리를 앞뒤로 흔들어야 한다는 것 정도를 배울 뿐이다.

우리는 인간의 두뇌가 매우 유용한 재주를 가지고 있으며 만약 그러한 재주를 적절히 활용하도록 해주지 않으면 병들어버린다는 것을 알고 있다. 그래서 어느 날 집으로 달려가 부모님께 11 곱하기 12는 132라고 선언하듯 외치는 것이다. 이것이 바로 뇌가 이루어낸 업적이다. 그 업적은 우리가 인수분해에 대해 재잘거리거나 역대 왕들의 행적에 대해 설명함으로써 부모님들이 흐뭇해하실 때까지 계속 이어진다.

간단한 수식으로 복잡한 계산을 해내고, 지나간 역사에 대해 이야기하는 것은 훌륭하다. 하지만 그런 것들을 배우면서도 살아가는 기술과 원칙에 대해서는 한 가지도 배우질 못했다. 단지 부모님들을 통해 알게 된 몇 가지 관습이 있어, 어떤 위기를 맞게 될 때 맹목적으로 그 관습에 따를 뿐이다.

우리는 가장 중요한 것을 모른다

물론, 학교는 살기 위한 준비를 하는 곳이다. 만약 대학에 가고자 한다면 그 이전의 학교들은 대학을 가기 위한 준비를 하는 곳이다. 아마 스무 살 무렵이 되어 이러한 준비 과정들을 다 마쳤을 때에야 비로소 살아가는 것에 대해 관심을 갖게 될 것이다. 하지만 그 동안 관습적으로 살아왔기 때문에 이제와서 다른 새로운 것을 찾을 수가 없다. 이제까지 우리는 그 '기계'에 대한 이해 없이 줄곧 사용만 해왔기 때문이다.

그렇다면 대학을 마치고 나면 그 기계에 대한 연구를 시작하게 되는 것일까? 전혀 그렇지 않다. 시간을 투자하는 주된 대상만 달라졌을 뿐 이제까지 살아온 방식을 그대로 반복한다.

그렇다면 질문은 이제 '어떻게 살 것인가?'가 아니라, '살아남기 위해 어떻게 하면 일정한 위치를 차지하고 유지할 것인가?'가 된다. 굶어 죽지 않기 위해 어떻게 하면 목구멍으로 넘길 수 있는 죽은 동물과 식물을 한 조각이라도 얻을 수 있을까? 얼어 죽지 않기 위해 어떻게 하면 몸을 감싸고 걸칠 것을 얻을 수 있을까? 어떻게 하면 비 맞지 않고 자고 먹을 수 있는 공간에 대한 독점적인 권리를 확보할 수 있을까? 질문은 이런 식으로 이어진다. 그리고 이러한 열망을 인식하게 되었을 때 그에 대한 계획을 두 배로 부풀려 자기 혼자만이 아니라 누군가와 함께 해야겠다는 욕망을 품게 된다. 바로 결혼이다!

하지만 주변 사람들과의 원만한 교류, 적절한 자기표현, 환경에의 유연한 적응 등과 같은 가장 현실적인 문제에 대해서는 아직 아무런 관심도 기울이지 않고 있다. 다시 말해 자신이 가진 '기계'에 대한 연구는 전혀 하지 않고 있는 것이다.

서른 살 쯤이 되면 그는 자기 자신의 호흡기보다 수도꼭지나 싱크대 배수구조에 대해 더 잘 알게 될 것이다. 심지어 자신의 삶에 아무런 도움도 되지 않는 것들에 대해서는 시시콜콜 꿰고 있으면서, 자신의 신체 중 가장 중요한 부분인 뇌가 어떻게 작동되는지 모르는 것에 대해서는 아무런 의식도 없다. 이 얼마나 어처구니없는 일인가!

준비 단계에 모든 것을 다 써버리는 사람들

생각해보자. 살아가면서 발생하는 여러 가지 불협화음으로 쓸데없이 정력을 낭비하지 않게 하는 기술을 위해 우리는 한 달에 한 시간이라도 할애하고 있는가? 목표에 도달하기 위해 힘을 기르는 데 있어서도 너무나 무계획적이고 거칠지 않은가.

우리는 누군가 취미로 그린 그림을 보면 "잘 그렸는걸"하고 칭찬하면서 혼잣말로 "아마추어치고는 말이야"라는 사족을 단다. 하지만 우리들이 살아가는 방식은 누군가가 취미로 그린 그림보다 더 아마추어적이다. 누구든 사는 문제에 있어서만큼은 명백하게 프로가 되어야 함에도 불구하고 말이다.

인생을 제대로 살기 위한 준비를 55년간이나 하고 난 후에야 비로소 우리들은 서서히 현실에서 손을 뗄 준비를 시작한다. 직장에서 은퇴하거나 하던 일을 물려줄 나이가 되는 것이다. 이 나이가 될 때까지 살아가는 기술을 과학적으로 연구 ─ 기계의 탁월한 부분을 더 완벽하게 만들고 더 잘 활용하기 위한 ─ 하지 않았던 이유는 시간이 없었기 때문이 아니다.

오히려 우리들 대부분은 넘쳐날 정도의 시간이 있었음에도 불구하고, 단지 그 예비작업들에 푹 빠져 있었던 것이다. 사실 우리는 그 예비작업들을 마치 본업 그 자체인 것처럼 해왔던 것이다.

우리는 언제 프로가 되는가
어쨌든 노년에 접어들면 이제까지 준비한 우리의 삶을

프로다운 기술을 발휘하면서 살기 시작해야 한다. 노련한 프로 화가가 그림을 그리듯이 말이다. 하지만 우리는 프로답게 살아갈 능력이 없다. 너무 늦어버린 것이다. 60이 넘으면 고난도의 기술을 필요로 하는 곡예사가 될 수 없듯이 그 어떤 프로다운 일도 시작할 수 없게 되는 것이다. 이렇게 해서 결국 우리의 삶을 아마추어로 끝내야 하는 것이다. 처음에 그렇게 시작했던 것처럼.

그리하여 마침내 기계가 삐걱거리고 바퀴는 덜렁거리고 방향도 잡히질 않아 도랑에 처박히게 되면 이렇게 말할 것이다. "어찌 해볼 도리가 없군!" 혹은 "뭐 별일도 아니야. 남들도 다 그런걸 뭐." 아니면 "어떻게든 되겠지 뭐." 그러면서 자신이 처한 '현실'을 받아들여야 한다고 체념하기 시작한다. 그렇게 '현실'을 합리화하면서 자신의 나태와 불성실을 계속 용인하는 것이다.

사람들은 내가 상황을 심하게 과장하고 있다고 생각할 것이다. 사실 과장된 것이 맞다. 일상적으로 무시돼버리곤 하는 어떤 사안의 중요성을 두드러지게 강조하기 위해서는 과장이 필요하다. 하지만 정도가 심한 과장은 아니다. 단지 조금 극단적인 예를 든 정도일 뿐, 전혀 없는 이야기를 꾸

민 것은 아니다.

현대를 살아가는 많은 사람들은 자신 있게 말할 수 있을 것이다. 보다 나은 삶을 살기 위해 무척 많은 노력을 기울이고 있다고. 그리고 그것은 사실일 것이다. 이렇게 자신의 삶을 향상시키기 위해 노력하는 사람들이 많다는 것은 정말 반가운 일이다. 하지만 나는 그들의 노력이 다른 무엇보다 쓸모없는 욕망을 채우려하는 데서 벗어나, 진정한 자신의 삶과 자기 자신을 표현하는 데 더 집중되기를 바란다.

'산다는 것'은 무엇인가

문제의식을 보다 명확하게 하기 위해, 매일 저녁 규칙적으로 요가를 하고 있는 한 평범한 직장인의 일상을 살펴보자. 그는 정해 놓은 요가 시간에 빠지지 않는다. 요가를 하면서 몸과 마음을 다스리고 정신적인 평안함을 얻기 위해 노력한다. 그리고 요가를 하고 있는 동안만큼은 일상에서도 충분히 평상심을 유지할 수 있을 것이라고 생각한다.

하지만 그 평상심은 작은 충격에도 깨져버리고 오래 유지되지 못한다. 친구를 만나면 자신이 직장에서 합당한 대우를 받지 못하는 것에 대해 불평하고, 돈 문제로 아내와 다투며, 어떻게 하면 돈을 더 많이 더 빨리 벌 수 있을까 하는 생각에서 벗어나지 못한다.

그는 왜 자신이 소화할 수 있는 것보다 더 많은 양의 음식을 계속 먹으려 하는 것일까? 그가 요가를 하는 이유가 단지 그 시간을 즐기기 위해서는 아닐 것이다. 그는 요가 수련을 통해 자신의 삶을 보다 풍요롭고 안정되게 가꾸고 싶을 것이다. 그러나 자신의 생각과 달리 그는 매번 연습만 하는 아마추어의 삶을 살고 있다. 만일 사는 일에 프로답다면 겪지 않아도 되는 일을 겪고 있는 것이다. 그는 자신이 왜 이러한 일들을 겪어야만 하는지 그 이유를 알지 못한다. 한 번도 생각해본 적이 없기 때문이다.

이유는 간단하다. 단지 그가 자신의 일에 대해 제대로 배운 적이 없고 '휴먼 머신(Human Machine)', 즉 자신이라는 기계를 깊이 연구해본 적도 없으며, '산다는 것'에 대해 단 한 번도 이성적으로 생각해보지 않았기 때문이다.

자기탐닉은 삶의 본질이 아니다

도로 위에서 이리저리 어지럽게 차를 몰고 있는 운전자

를 마주쳤다고 가정해보자. 가던 길을 멈춘 당신이 무슨 일이냐고 묻자 그는 이렇게 대답했다.

"상관하지 마슈. 그냥 눈부시게 광을 낸 내 차의 색깔이나 감상하슈. 정말 멋지게 반짝거리지 않소. 정말 광을 잘 냈단 말이야."

그런 그가 제정신이 박힌 사람으로는 보이지 않을 것이다. 요가를 하는 우리의 주인공의 경우도 마찬가지다.

자기계발이라고 알려져 있는 것이 단순히 자기탐닉인 경우는 너무나 많다. 우리는 그것을 명백하게 구분할 수 있어야 한다. 자기탐닉은 기계의 어느 한 부분의 기능을 향상시켜주는 즐거움은 주지만, 보다 더 근본적이고 보다 더 중요한 부분들에는 아무런 영향도 미치지 못한다.

이 책의 목적은 사람들이 자기 자신에게 관심을 집중하도록 만드는 것이다. 이 세상을 유연하게 여행할 수 있도록 하기 위해 자신을 복잡하고 특출한 기능을 가진 기계로 생각하도록 만드는 것이다. 또한 자신은 물론이고 주변의 모든 사람들이 – 그를 뛰어넘는 사람들과 그보다 못한 사람들 – 그에 대해 만족스럽게 생각하도록 만드는 것이다.

이 책을 통해 보여주고 싶은 또 한 가지는, 우리가 시도하고 있는 잘 짜인 계획들과 그것을 유지하기 위해 들이는 노력들의 아주 미미한 부분만이, 실질적인 삶의 영역에 쓰여지고 있다는 사실이다. 그 노력들의 대부분은 본질이 아니라 삶의 '예비 단계'에서 소진되고 있다는 사실을 보여주고 싶은 것이다.

자신의 뇌와 자기 자신을 분리하라

인간도 기계처럼 정비가 필요하다

우리가 무엇인가를 시도하거나 어떤 것을 얻으려 할 때 그 방법을 모르거나, 방법을 알면서도 무시하기 때문에 뜻을 이루지 못하는 경우는 거의 없는 것 같다.

우리는 단지 표피적인 삶의 예비단계에는 온전히 몰두하고 삶 자체에 대해서는 외면하거나 소홀히 함으로써, 너무나 쉽게 만족과 행복을 정의하고 결정한다. 그래서 성공에 이를 수 있게 하는 수단이나 방법들도 너무나 단순하게 판단하고 쉽게 받아들인다.

앞에서 한밤중에 잠에서 깨어나 거의 망가져버린 끔찍한 자신의 삶을 발견하게 된 한 남자의 이야기를 했다. 이제 또 다른 한 남자 이야기를 해보자.

그는 어느 맑은 여름날 아침에 상쾌하게 잠에서 깨어났

다. 그는 이제까지의 경험과 희망의 눈으로 자신의 마음을 가만히 관찰한다. 그는 자신에게 영향을 미치는 우주의 운행에 대해 생각하며 30분 동안 즐거운 시간을 보낸다. 만족스러운 삶은 자신이 어떻게 행동하는가에 달려 있다는 것을 그는 명확하게 알고 있다. 그리고 그 어떤 힘도 그러한 행동을 실행에 옮기는 것을 막을 수 없다는 것도 잘 알고 있다. 그는 앞으로의 계획을 구상했으며, 자리에서 일어나기 전에 예상되는 위기와 곤경들에 어떻게 대처하고 어떻게 행동할 것인지를 정확하게 알고 있다.

그는 효율적으로 살기를 진심으로 열망한다. 그 누가 자신의 소중한 인생에서 단 하루라도 엉망진창으로 살기를 원하겠는가. 게다가 그는 자신의 열망을 실현할 방법을 알고 있다.

하지만 계속해서 주목해보자. 그는 안전한 집을 나서자마자 험난한 세파에 부딪히면서 자신이 가진 유일한 '기계'가 고장나버려 한 시간도 버티지 못하고 만다. 오직 '삶'을 위해 만들어진 그 기계는 모든 일들을 완벽하게 처리할 능력은 지니고 있지만 제대로 정비되어 있지 않기 때문이다.

인생의 지도를 잘 꾸미고 일정표를 잘 지켜서 적절한 때에 기계를 작업실 밖으로 끄집어내 시동을 걸었는데, 나사가 반쯤 풀려 있다거나 핸들이 굽어 있다거나 탱크 안에 기름이 없다면 무슨 소용이 있을까?

그렇다면 그 기계 즉, '휴먼 머신'의 어느 부분이 잘못된 것일까? 바로 뇌가 잘못된 것이다.

'그럼 머릿속이 고장 났다는 말인가?'

정확하게 그렇다.

왜 아는 대로 행동하지 못할까

한 가지 단순한 예를 들어보자.

사람들은 아내가 목소리에 날카로운 가시를 품고 말을 걸어왔을 때 더 날카로운 목소리로 대답한다면 그 결과는 대폭발이라는 걸 잘 알고 있다. 또한 만약 자신의 목소리에 벌꿀을 한 방울 묻혀 달콤하게 대답한다면 어떤 결과를 얻게 될지도 잘 알고 있다.

사람의 뇌는 이 두 가지 반응에 대한 두 가지 결과를 명확히 인식할 만큼 훈련되어 있고 이 두 가지 중 하나를 선택하는 것은 자신이다. 그런데 자신의 목소리에 더 많은 가시를 담아 더 날카롭게 대답한다. 그 결과가 뻔히 보이고,

그렇게 하고 싶지 않았는데도 그렇게 하는 것이다.

생각과 달리 뇌가 제대로 작동하지 않았기 때문이다. 그의 뇌는 냉철한 이성, 아침의 결심과는 전혀 다른 방향으로 달려가버린 것이다. 이것은 가장 단순하고 가장 사소한 예에 불과하다. 이와 비슷한 사례들은 셀 수 없을 정도로 많다.

어떤 시험에 합격하게 되면 그 즉시 미래가 보장되는 젊은이가 있다. 그 시험은 '자신의 뇌'를 활용하면 합격할 수 있다. 만약 그의 뇌가 공부를 하기 위해 2층으로 올라가도록 명령하는 대신 테니스 코트로 가라는 어처구니없는 명령을 내리지만 않으면 그 시험에 합격하는 데 걸림돌이 되는 것은 없을 것이다.

또 일단 공부방에 편안히 앉았을 때 뇌가 책 내용에 집중하는 대신 어여쁜 여자에 대한 공상에 빠져들라는 명령만 하지 않으면 된다. 그러나 실제로는 어떤가. 이 모든 것을 알고 있는 뇌는 어떤 명령을 내리는가.

뇌는 혈기 왕성한 젊은이들에게만 문제가 되는 것이 아니다. 인생의 경험이 많은 노인들도 마찬가지다. 그의 뇌가 제아무리 많이 생각하더라도 사라지거나 달라지지도 않을 불평과 걱정과 두려움을 거듭 반복하도록 명령하지만 않는다면 완벽한 안락함 속에 살아갈 수 있을 것이다. 그러니 뇌야말로 모든 근심 걱정의 근원지인 것이다.

제멋대로인 심부름꾼, 뇌

"하느님, 우리들에게 보다 명석한 두뇌를 주십시오." 어떤 위대한 작가가 갑자기 이렇게 외쳤다. 누구나 그 작가와 같은 마음일 것이다. 하지만 나는 "우리가 가진 뇌를 잘 사용할 수 있는 능력을 주십시오"라고 하는 것이 더 현명하다고 생각한다.

우리는 의심할 여지없이 우리가 충분히 다룰 수 있는 뇌를 확실하게 소유하고 있다. 그러나 뇌는 어느 정도 '일탈'을 하는 경향이 있다. 평범한 일상생활에 잘 적응하지 못해 혼란스러워하는 사람들 중에는 놀랄 만한 지적 능력을 갖고 있어 다른 이들에게 현명한 조언을 해줄 수 있는 사람들이 많다. 지적 능력이 뛰어난 이들의 뇌가 '일탈'하지만 않는다면 일상생활 역시 잘 해낼 수 있을 것이다.

뇌의 일탈은 누구에게나 일어난다. 그리고 뇌의 일탈을 비유하자면 이렇다.

시내 중심에 사무실이 있는 사업가가 한 직원에게 시내

에서 좀 떨어진 외곽의 어느 사무실에 급한 소식을 전하고 오라며 보냈다. 그리고 얼마 후 승용차를 타기 위해 급히 주차장으로 갔다가 여전히 그곳에서 시시덕거리며 놀고 있는 그 직원을 발견하게 됐다.

"사장님 사실은요, 아까 출발은 했는데 다리에 좀 이상이 생겨서 여기서 꼼짝도 못하고 있네요. 저로서도 어쩔 수가 없습니다."

"흠, 알겠어. 충분히 이해해. 그럼 이제 다른 곳에서 일하도록 하게."

사장은 자신의 명령을 듣지 않는 그 직원을 해고했다. 그러나 사실 사장의 뇌는 그 직원보다 훨씬 상태가 좋지 않아서 더 사악해질 가능성이 높다. 사장의 뇌는 직원보다 더 나태하고 제멋대로 굴 수 있기 때문이다.

선의를 갖고 있는 보통 사람들의 뇌는 그 직원처럼 황급히 처리해야 할 일도 없다. 이런 직원들은 어떤 일을 지시해도 즉각적으로 움직이지 않는다. 어슬렁거리며 정해진 시간을 보내다가 어설픈 자선사업가 같은 태도로 거드름을 피우며 일들을 처리한다. 하지만 2주 정도가 지나면 그런 계산적이고 가식적인 행동조차 벗어던지고 만다. 마음이 내킬 때 일하고 그렇지 않으면 언제든지 자리를 빠져나간다. 가끔은 대단할 정도로 진지하고 어떤 때는 묵묵히 일만 하기도 하지만, 기회만 생기면 뺀질거리면서 자기에게 편한 쪽으로 행동한다.

그들은 절대 남의 말을 듣거나 비난을 받으려 하지 않는다. 진심으로 일을 하는 것도 아니고, 자신들의 시간을 정식으로 투자한 것도 아니기 때문이다. 이러한 사람들은 자신이 참견하여 생색을 내려 하는 어떤 일에 있어서는 독초와도 같다. 사람들의 뇌 속에는 이렇게 거들먹거리면서 다른 사람들을 속이려 드는 가짜 신사와 같은 요소가 무척이나 많다.

뇌 속의 그러한 요소들은 고통이 심해져 위급한 상황이 닥치면 모든 것을 잊어버리고 자신이 할 일을 단호하게 무시하면서 담배에 불을 붙이고 산책을 하러 나가버린다. 그런데도 우리는 그런 행동을 바라보며 아무 말 없이 얌전히 앉아 있을 뿐이다.

"열심히 공부하고 싶은 맘이 없었어요." 이렇게 말하는 젊은이는 자기 희망과는 달리 시험에 떨어지고 말 것이다. "어찌 해볼 도리도 없이 그 말들이 입 밖으로 쏟아져 나와버렸소." 아내를 여자라고 깔보던 남자는 이렇게 말했다. "오늘은 전혀 영감이 떠오르질 않아." 예술가는 이렇게 말

한다. "치즈를 먹지 않고는 도저히 못 견딜 것 같았소." 식
탐 때문에 죽어가는 사람은 말한다. "머릿속에 떠오르는
생각을 어떻게 막을 수 있겠소." 늘 근심으로 날을 지새우
는 사람은 말한다. 그리고 모두들 이렇게 말한다.

"내 뇌는 나 자신인데, 내가 나를 어떻게 움직인단 말이
오?"

뇌, 길들여서 사용해야 할 고성능 도구

당신도 이렇게 생각하고 있다면 확실히 알아둘 것이 있
다. 우선 당신은 '그렇게' 태어난 것이 아니며 서서히 그렇게
되어온 것이다. 그리고 당신의 뇌는 당신 자신이 아니다. 그
것은 당신의 일부분일 뿐이며 뇌가 당신을 지배하는 것도
아니다.

당신은 어머니와 아내와 자녀들을 뇌로 사랑하는가? 당
신은 뇌를 통해 열망하는가? 결정적으로, 당신은 언제나
뇌를 활용하면서 살고 있는가?

그렇지 않다. 당신의 뇌는 하나의 도구일 뿐이다. 뇌가
도구라는 증거는 바로 '어떤 절박한 필요가 생겼을 때 당신
이 뇌에 명령을 내려 어떤 일을 하도록 시킨다'는 데 있다.
그리고 뇌는 당신의 명령에 의해 그것을 수행한다.

휴먼 머신의 효율성을 결정하는 첫번째 두 가지 원칙은 이런 것이다.

뇌는 하인이다. 내적 자아의 의지를 밖으로 드러내주는 기능을 맡은 하인. 만약 뇌에 이상이 생겼다면 그 이유는 그것이 통제 불능이어서가 아니라 단순히 훈련을 게을리 했기 때문이다. 뇌는 손이나 눈처럼 훈련시킬 수 있다. 뇌는 사냥개를 훈련시키는 것과 비슷한 방법으로 말을 잘 듣도록 만들 수 있다.

그와 동시에 뇌 훈련을 준비하는 데 있어 반드시 필요한 것은 자신의 뇌를 혀나 두 다리처럼, 자신의 자아와 아무런 상관이 없는 하나의 도구로 대하는 습관을 가져야 한다는 것이다.

뇌를 길들이는 단순한 기술

상식도 엉뚱함도 모두 뇌의 작용이다

뇌는 매우 독특한 기관이다. 생리학자나 심리학자들의 비난을 받지 않기 위해, 우선 이것만은 언급해두어야 할 것 같다. 내가 말하는 '뇌'는 어떤 판단을 하고 근육에 명령을 내리는 능력을 의미한다는 것이다. 다시 말해 사람들이 일반적으로 머리라고 이야기하는 것이다. 뇌는 우리의 본능적인 자아와 외부세계(우주) 사이의 관계를 조율하는 외교관이며, 둘 사이의 마찰을 최소화하여 우리의 본능에 최대한의 자유를 제공히는 것이 뇌의 임무이다.

뇌는 다양한 본능들과 서로 교류하며 작용한다. 어떤 본능은 받아들이지만 어떤 특정한 본능에 대해서는 지적하고 통제한다.

'너무 차가운 샴페인을 단숨에 들이키면 안 돼. 죽을 수도 있단 말이야'라고 일깨우며 샴페인 병을 잡은 본능의 옷

자락을 잡아챈다.

그리고 또 다른 본능에게 말한다. '저 험상궂은 친구와
는 눈도 마주치지 마. 대화는 안 되고 힘만 세거든.'

사실 뇌는 매우 훌륭한 상식의 전당이다. 하지만 전혀
엉뚱한 실수를 저지르기도 한다. 마치 언제나 훌륭한 판단
으로 모든 문제에 현명한 조언을 해주기 때문에 모든 사람
들이 상의하고 싶어하지만, 자기 자신의 문제에 있어서만큼
은 그런 총명함을 발휘하지 못하는 사람과 같다.

자발적인 활동에 있어 뇌는 일반적으로 훈련되어 있지
않으며 신뢰하기 힘들다. 따라서 다음에 어떤 일을 할 것인
지 전혀 알 수가 없다.

우리들은 뇌에 어떤 일을 하도록 임무를 부여한다. 예를
들어, 사무실을 향해 걸어가면서 당장 써야 할 매우 중요한
편지글의 첫 문장을 만들어내야 한다고 하자. 그래서 뇌에
게 문장을 만들라고 명령한다. 그런데 어떤 멋진 여인과 마
주치게 되자 뇌의 예민한 부분이 그녀를 따라간다. 중요한
편지글도 그 다음에 이어질 회의도 다 내버려두고 훈련되
지 않은 뇌는 그 여자를 따라간다. 생각을 돌려야 한다고
마음먹지만 그야말로 마음뿐이다. 본능적인 자아의 진지한

부분이 그런 상태를 비난하지만 아무런 소용도 없다.

그 일로 인해 우리는 크나큰 실망을 해야 하기도 한다. 과연 뇌가 이성적으로 그 실망감을 극복하고 과거에 집착하는 대신 현재 혹은 미래를 위해 새롭게 변화할 수 있겠는가? 전혀 그렇지 않다. 그렇게 한 가지 본능을 따라가는 것이 시간 낭비일 뿐이며, 매우 고통스럽고 아무 소용도 없는 감정의 소모일 뿐임을 잘 알고 있다 해도, 뇌 스스로는 보이는 것에 이끌려 가고 충실하게 본능을 좇는 편향된 성향을 통제할 수 없다. 그 어떤 충고로도 뇌를 이성적으로 행동하도록 이끌 수 없는 것이다.

모든 것이 지나간 뒤 차분하게 영혼과의 대화를 나눈 후, 뇌는 다음번에 해로운 본능이 작동하려 하면 단호하게 차단하겠다는 결심을 할 수도 있다.

뇌는 이렇게 말한다. '다시는 쓸데없는 문제로 흔들리지 않을 거야.' 그렇다면 다시 비슷한 순간이 다가왔을 때 뇌는 결심대로 움직일까? 뇌는 아마 그 결심을 까맣게 잊어버리거나 뒤늦게 기억해낼 것이다. 그리고 그 위풍당당한 본능이 뒷머리를 칠 때, 한숨을 내쉬며 이렇게 말할 것이다. '할 수 없지 뭐. 다음에 잘할게.'

뇌를 길들이는 단순한 기술

우리들은 이것보다 훨씬 더 많은 경우를 자신의 경험에서 찾아낼 수 있을 것이다. 뇌의 충동적이고 비논리적인 행위 때문에 벌어진, 앞뒤도 맞지 않고 우스꽝스러운 일들 말이다.

이것이 바로 부랑아처럼 게으르고 수전노처럼 탐욕스럽고 백수건달처럼 느슨한 태도에 익숙해져 있는 우리들의 뇌가 정상적인 상태가 아니라는 명백한 증거다.

뇌는 휴먼 머신의 가장 중요한 부분이다. 우리는 뇌를 통해 자신을 표현하고 스스로를 계발한다. 따라서 뇌는 반드시 훈련을 해야만 한다.

무엇보다 먼저 뇌는 순종을 배워야만 한다. 순종은 오직 인간의 의지 위에 순수한 결단의 힘을 더함으로써 배울 수 있다. 뇌는 의지와 훈련에 의해 숙달되어야만 한다. 현명한 삶은 의지에 따라 뇌를 조종하는 것에서 시작된다. 그래야만 자신이 가진 인식, 자신이 주는 지침에 의해 행동하게 될 것이다.

순종하는 훈련이 되어 있는 뇌를 지닌 사람은 언제나 가장 훌륭한 순간들을 맞이하며 살아갈 것이다.

아이에게 순종을 가르치기 위해서는 어떤 일을 하도록 지시하고 그 일이 시행되는지 살펴봐야 한다. 뇌의 경우도 마찬가지다. 방법은 어처구니없을 만큼 단순하다. 당신의 뇌를 향해 이렇게 말하라.

"아침 9시에서 9시 반까지 내가 제시하는 특별한 주제에 대해 생각하라."

그 주제가 무엇인가는 중요하지 않다. 핵심은 훈련을 통해 뇌를 조정하고 활기 있게 만드는 것이다. 그러나 되도록이면 아무런 쓸모없는 것이 아닌 유용한 주제를 생각할 수 있도록 해야 한다.

이런 주제를 생각할 수 있을 것이다. '나의 뇌는 나의 하인이다. 나는 뇌의 노리개가 아니다.' 이 문장에 30분간 집중해보도록 하자.

당신은 반문할 것이다. "뭐라구? 겨우 이것이 효율적인 삶을 위한 방법이란 말인가? 아무것도 아니지 않은가!"

그렇지 않다. 어이없을 정도로 단순해 보이지만 이렇게 해야 한다. 그리고 이렇게 하는 것이 유일한 방법이다.

당신 생각처럼 아무것도 아니니 한번 해보라. 아마 당신은 어떤 생각에 30분 아닌 30초 동안도 집중하도록 뇌를 잡아두지 못할 것이다. 많은 시간을 들이지 않아도 당신의 뇌가 아주 끔찍하거나 아주 우스꽝스러운 방식으로 움직인다는 것을 알게 될 것이다.

"할 수 있다. 할 수 있다. 그래 난 할 수 있다"

당신의 첫번째 시도는 매우 실망스러울 것이다. 의지를 통해 뇌에게 주어진 생각에 아주 짧은 시간 동안 집중하도록 요구하는 것은 무척 어려운 일이며 무척 피곤한 일이기 때문이다.

이 훈련을 위해서는 엄청난 인내력과 강인함이 있어야만 한다. 당신의 뇌는 여기저기를 날뛰듯이 돌아다닐 것이며 강제로 그것을 원래 있던 자리로 데려올 때마다 뇌는 더 튀어나가려 할 것이다.

그러나 어떠한 경우라도 당신이 집중하겠다고 선택한 생각 외의 모든 것들은 완벽하게 무시해야만 한다.

단번에 그렇게 될 것이라고 기대할 수는 없다. 하지만 성공할 수 있다. 뇌를 조정하는 데 왕도는 없다. 기발한 비책도 없다. 그 반면에 평범한 사람이 이해하지 못할 복잡다단한 법칙도 없다. 이것은 "나는 할 수 있다. 나는 할 수 있다. 그래 난 할 수 있다"라는 단순한 명제인 것이다.

이제까지의 이야기를 요약해보자.

첫째, 살아가면서 생기는 여러 문제들과의 불화를 최소화하면서 '휴먼 머신'이 지닌 최대한의 힘을 이끌어내는 것, 즉 자신이 가진 능력의 최고점에 맞추어 살아가는 효율적인 삶은 훈련되고 역동적인 힘을 지닌 뇌에 의해 이루어진다.

둘째, 뇌는 순종하는 습관을 통해 훈련되고, 순종하는 습관은 집중하는 훈련에 의해 형성된다. 집중하는 법을 훈련하는 것은 숨쉬기만큼이나 단순하지만 모든 구조물의 기초가 된다.

상상력은 뇌를 훈련시키는 최고의 기술이다

여기에 중요한 또 한 가지 요소가 있다. 상상력이다. 앞에 말한 것들은 상상력에 의해 얻을 수 있기 때문이다. 하지만 뇌의 순종이 상상 속의 개념으로만 존재하는 것은 아니다. 그것은 확실히 보이고 만져져야만 한다. 보다 더 규칙적으로 집중하는 훈련을 하게 되면 상상력에 의해 보다 더 확실하게 그 효과를 직접 혹은 간접적으로 느끼게 된다.

내가 말한 방법대로 며칠간만 진지하게 연습하면 그의

영향력을 인식할 수 있을 것이다. 처음에는 그 신비함 때문에 낯설겠지만, 차츰 뇌가 자신이 지닌 최고의 능력을 발휘하게 하는 외부기관으로서 자신의 능력에 순종하는 것에 익숙해질 것이다. 그리 멀지 않은 장래에 자신이 어떤 특정한 주제를 생각하게 될 때, 마치 어떤 방의 전기를 켜고 끄는 것처럼 뇌를 켜고 끌 수 있게 되었음을 알게 될 것이다.

뇌는 순종이라는 것에 곧 익숙해질 것이다. 또한 단순한 훈련을 통해 뇌는 잊는 일도 적어지고 보다 더 효율적으로 작용하는 것이 두드러지게 나타날 것이다. 급작스럽게 본능에 이끌려 허물어지는 일도 적어질 것이다. 그리고 매일매일 향상되어 가는 뇌를 통해 보다 효율적인 방법으로 그 기계를 완벽하게 만들어갈 수 있을 것이다.

상상력의 기술

상상력 ; 뇌에게 말 걸기

의지가 뇌보다 우위에 있으면, 즉 뇌가 순종할 것이라는 확신을 갖고 뇌에게 말을 걸 수 있게 되면 휴먼 머신을 완벽하게 만드는 단계에 도달한 것이며, 그로 인해 포괄적이면서도 깊이를 갖춘 일들을 수행하게 될 것이다.

뇌에게 말을 건다는 것은 뇌를 향해 직접적으로 '이렇게 하라. 이것들에 대해서만 생각하고 또 내가 멈추라고 할 때까지 이리저리 헤매지 말고 그 생각에 집중하라'고 명령할 수 있게 된다는 뜻이다. 그리고 뇌는 그 명령에 순종하게 되는 것이다. 이런 관계가 원활하게 이루어지면 자신과 뇌는 마치 도시계획위원회가 도시의 정화와 재개발을 수행하는 것과 같은 일을 하게 될 것이다.

특히 순종적인 뇌의 엄청난 가능성이 이른바 자신의 '성격'에 반영된다는 것을 무엇보다 더 즉각적으로 인식할 수 있을 것이다. 한 개인의 성격은 그가 갖고 있는 사고 습관의 총체적인 결과물이다. 인자한 사람은 그가 습관적으로 인자한 생각을 하기 때문에 그렇게 되는 것이다. 어떤 사람이 게으르다는 것은 그의 생각이 습관적으로 즉흥적이고 쾌락적인 단계에만 머물러 있기 때문이다.

모든 사람들에게 타고난 성품이 있다는 것은 사실이다. 그리고 그 성품은 사고 습관이 형성되기 시작하는 초기에 매우 강한 영향력을 끼친다. 하지만 성격은 또한 오랫동안 지속되어온 사고 습관에 의해 형성된다는 것도 사실이다. 만약 성격 체계가 본래 품성이 과장된 형태로 드러난다면 그것은 성격 체계의 형성이 되는 대로 느슨하게 진행되어 왔다는 것을 나타내는 것이며, 이성이 그러한 상황을 제대로 제어하지 못했다는 뜻이다.

양 어깨가 구부정한 모양으로 태어난 어떤 아이가 있다. 그 아이가 만약 어깨를 펴기 위한 아무런 조치도 받지 않고 자라서 책상에 앉아 일하는 공무원이 되었고 그로 인해 운동을 몹시 싫어하게 되었다면, 그의 어깨는 오직 습관에 의해 더욱 더 구부정한 모습이 될 것이다. 그런데 이와 달리 만약 그의 의지가 이성을 잘 이끌어 신체적인 습관을 교정하도록 명령한다면 그의 어깨는 완벽하게 펴지지는 않는다 해도 일반적인 사람들이 가진 어깨 모양과 비슷하게는 될 것이다. 정신적인 습관 또한 육체적인 습관과 전혀 다르지 않다.

순간적인 영감에 반응하라

우리가 본래 타고난 품성을 한층 더 세밀하게 살펴보게 되면 품성의 형성이 필연적이거나 고정된 것이 아니라는 걸 명확히 알 수 있을 것이다. 성격은 우리가 이해할 수 없는 신비하고, 개입할 여지없이 고정된 법칙들에 의해 독자적으로 형성되는 것이 아니다.

예를 들어 본래의 품성에 의한 영향은 우연한 충격에 의해 파괴될 수도 있다. 알코올을 좋아하는 성향을 타고난 젊은이는 술에 취한 아버지가 어머니를 구타하는 장면을 보고 충격을 받아 절대로 술을 마시지 않는 사람이 될 수도 있다. 반대로 아버지가 술에 취하면 더욱 상냥해지는 사람이라면 오히려 그는 빈민가에서 생을 마치게 될 가능성이 크다.

이런 것에 딱 부러진 법칙 따위는 없다. 타고난 천성 또한 성격 형성 과정에서 자신보다 강한 천성을 타고난 사람과 잠깐 마주치는 것만으로 완전히 변하기도 한다는 것은 널리 알려진 사실이다. 즉 "그날 이후로 난 결심했다"와 같은 말은 누구나 익히 알고 있는 것이다.

그러한 결심은 잘 지켜지지 않기도 하지만 또한 잘 지켜지기도 한다. 순간적인 영감이 의지를 움직이게 하고, 불타는 의지가 뇌를 제압해버린 것이다. 그러면 새로운 습관들이 형성된다. 그리고 그 결과는 기적처럼 보이기도 한다.

성격은 마구잡이로 지어진 구조물인가

이런 중대한 변화가 우연에 의해 일어날 수 있다면, 그와 비슷한 변화가 이성적인 계획에 의해 일어날 수는 없는 것일까? 어떤 경우든 만일 어떤 사람이 그러한 변화를 꾀하기 시작했다면, 그것은 이미 변화하기 시작한 것이다.

그런 사람은 습관이 인생에 미치는 영향에 대해 분명히 알고 시작한다. 정신적인 것이든 육체적인 것이든 당신의 습관 중에서 한 가지를 선택해보자. 당신은 그 습관이 전혀 존재하지 않았던 때를 기억해낼 수 있을 것이다. 혹은 실제로 그런 습관이 있었지만 전혀 인식하지 못했던 때를 기억할 수 있을 것이다. 그리고 자신이 지니고 있는 거의 모든 습관이 무의식적으로 형성되었음을 알게 될 것이다. 계획과는 아무 상관없는 일상이 반복되었기 때문에, 또 그것을 알아차리기 위한 어떤 노력도 하지 않았기 때문에 모르고 있었던 것이다. 그렇다면 자신이 지금 갖고 있는 '성격'이 어떤 건축가의 도움도 받지 못하고 마구잡이로 지어진 구조물이라는 것을 인정할 수밖에 없을 것이다.

어떤 구조물을 제대로 지으려면 때때로 건축가가 개입해서 무언가를 설계해주어야 한다. 자신의 습관 중에는 물론 어떤 긍정적이고 행복한 영향에 의해 형성되었고 의식적으로, 의도적인 목적을 갖고 간직해온 것도 있을 것이다. 그렇다면 의식적인 습관과 무의식적인 습관 사이에는 어떤 차이가 있을까?

성격에 영향을 미치는 것들

자신의 성격에 의식적인 습관보다 더 확실한 영향을 미치는 것은 없다. 의식적인 습관이 다른 습관들과 차별되는 오직 하나의 특질이 있다면 그것은 분명한 목표가 있다는 것이다(대부분 좋은 목표이다). 그리고 의식적인 습관은 완벽하게든 일부분이든 그 목표를 성취하도록 만든다.

의식적인 습관은 실질적으로 자신의 의지로 하여금 뇌에게 똑같은 행동을 자꾸 반복하도록 함으로써, 조각가가 물기 머금은 찰흙으로 형상을 이리저리 바꾸듯이 자기 성격의 외형을 바꿀 수 있다.

만약 성인들의 성격이 시시각각 계발되고 있는데 90%가 무의식적인 행동에 의한 것이고 10%만이 의식적인 것이라면, 그리고 그 10%의 의식적인 행동이 전체에 있어 가장 만족스러운 부분이라면, 상식적으로 판단했을 때 왜 10% 대신 90%를 의식적인 행동으로 만들지 않는 걸까? 무엇이 훨씬 뛰어난 성과를 내는 것을 가로막는 것일까? 뇌가 순종하지 않는 것 외에는, 그것을 가로막는 것은 전혀 없다. 그런데 이제 순종하지 않는 뇌를 해결하는 방법을 알았다.

자신의 삶에서 잃어버리고 있는 것들

자기 자신의 발전에 대한 무지와 무관심으로 인해 불행하게 살고 있거나 삶의 기술이 부족한 사람들을 볼 때, 내면이 한껏 일그러진 사람이 제국을 짓고 자기 왕국을 넓히고 있는 것을 볼 때, 자기 삶의 색채를 밝게 만드는 데 써야 할 정력을 강아지가 뒷다리로 일어서서 걷도록 하는 훈련에 낭비하고 있는 사람들을 볼 때, 나는 너무나도 안타까워 이렇게 크게 소리 지르고 싶다.

"자신이 잃어버린 것이 무엇인지 모른단 말이오? 이 세상에서 가장 흥미롭고 그 어떤 사업이나 제국보다 강아지보다 더 소중한 것을 잃어버렸다는 것을 모른단 말이오? 부드럽고 완벽하게 작동하는 기계를 언제나 삐걱거리는 성능 나쁜 기계로 사용하고 있는 자신이 얼마나 근시안인지 모르겠단 말이오? 스스로 자신을 얼마나 끔찍하게 다루고 있는지 정말 모른단 말이오?"

그리고 이렇게 말해주고 싶다.

"언제나 운명에 관한 불평을 늘어놓는 것으로 저녁식사 시간을 끔찍하게 만들어버리는 이 상습적인 불평꾼! 자신이 불행한 것은 스스로 늘 불평을 내뱉는 습관을 키워왔기 때문이오. 그런 습관은 자신뿐 아니라 가족들까지 비참하게 만들고 있소. 그것은 문제가 아니라고 생각하겠지만, 그것은 생각하고 있는 것 이상으로 나쁜 일이오."

상상력을 키우면 누구든 변화될 수 있다

우리는 이렇게 말할 것이다.

"사실 나도 불평하는 것이 아무 소용없다는 건 알고 있어요. 하지만 그렇게 되는 걸 어쩌겠어요? 그러지 않으려고 하지만 그게 잘 되질 않거든요. 생각이란 걷잡을 수 없이 앞으로 나가는 거니까. 그리고 나는 내가 다른 사람보다 더 심한 불평꾼이라고는 생각하지 않아요. 누구나 마찬가지지 않겠어요?"

그러나 생각해보라. 평생 동안 매일 한 시간씩 투덜거리는 것을 반복하고 있다는 것을 생각할 때, 불평하는 습성을 간단히 없앨 수 있을 거라고 믿는 건 너무 낙천적인 생각이다. 방법이 간단하다고 해서 습관을 바꾸는 것이 한순간에 저절로 이루어지는 것은 아니다.

오래된 습관을 바꾸기 위해서는 더욱 많은 노력을 기울여야만 한다. 만약 매일 한 시간씩 투자해서 투덜거리는 것이 아무 소용없는 무익한 일이라는 사실을 확고하게 인식한다면 머릿속은 그때부터 바로 다른 방향으로 생각하는 습관을 갖게 될 것이다.

즉 머리 속으로는 불평은 무익하고 아무런 쓸모도 없다는 생각을 갖기 시작하고, 그렇게 되면 특별한 생각을 하고 있지 않는 때에도 불평은 무익하고 아무런 쓸모도 없다는 생각이 불쑥 떠오르게 될 것이다. 그러면 늘 그래 왔던 것처럼 식사를 하기 위해 자리에 앉아 또 누군가에 대해 불평을 하려는 순간, 불평은 무익하고 아무런 쓸모가 없다는 생각이 떠오르고, 당신은 목을 한번 가다듬고 이렇게 말하게 될 것이다.

"오늘 뭐 재미있는 일 없었어?"

불평하는 습관은 단순한 하나의 예에 불과하다.

자신의 경험을 꼼꼼히 되짚어본 사람이라면 오래된 습관을 새로운 습관으로 대체하는 데 실패하게 되는 이유는, 새롭게 마음먹은 것을 결정적인 순간에 뇌가 기억해내지 못하고 쉽게 망각해버렸기 때문이라는 걸 알 수 있다. 하지만 집중하는 연습을 하면 그런 문제는 해결될 것이다.

무엇보다 중요한 것은 규칙적인 집중이다. 인내하고 집중하면 변화될 수 있다.

오직 나만이 나를 지배할 수 있다

환경은 나를 지배할 수 없다

휴먼 머신과 관련된 두 가지 중대한 원칙 중 첫번째 – 뇌는 주인이 아닌 하인이며 통제될 수 있다 – 는 개인적인 실험을 통해 증명했으니, 이제 두번째 원칙만 남았다. 두번째 것은 첫번째보다 더 근본적인 것이지만 첫번째가 충분히 납득되고 실천될 때까지는 아무런 소용이 없다.

휴먼 머신은 한 개인의 자아를, 그를 둘러싸고 있는 우주의 모든 것들 속에서 아무런 마찰 없이 자유롭게 계발할 수 있도록 해주는, 뇌와 근육으로 이루어진 기관이다.

우주가 가진 여러 가지 면모를 한 개인의 자아에 가장 이롭게 전환시켜주는 것이 휴먼 머신의 기능이다. 우주의 여러 가지 면모란 휴먼 머신이 주로 다루게 되는 내용물로써 이상적인 우주가 아니라 구체적인 현실로서의 우주이다. 따라서 인간과 환경 사이에 마찰이 생겨나면, 즉 우주의 여러 면모가 한 개인의 자아에 도움이 되기를 멈추게 된다면, 그것은 휴먼 머신의 실책이다. 태양계가 잘못된 것이 아니라 휴먼 머신이 잘못 작동한 것이다. 인간을 둘러싸고 있는 '환경' 탓이 아니라는 뜻이다. 그러므로 두번째 주요 원리는 '마찰이 일어났을 경우, 그것은 언제나 휴먼 머신이 잘못 작동했기 때문'이라는 것이다.

인간은 자신의 마음을 통제할 수 있다. 인간의 마음은 성역이어서 자기 스스로의 허락 없이는 그 어떤 해로운 것도 침범해 들어올 수 없다. 인간의 마음은 모든 외부적인 현상들을 자신의 목적에 맞게 변형시킬 힘이 있다. 만약 행복이 즐거움과 편안함 그리고 정직함(누가 이런 것들을 거부할 수 있을까?)으로부터 발생하는 것이고 휴먼 머신이 제대로 작동하고 있다면 그 어떤 환경적 변수가 당신을 불행하게 만들 수 있겠는가?

만약 자기계발이라는 것이 자신의 환경을 활용하는 것이라면(다른 누구의 환경을 활용하는 것이 아니라) 자신의 환경이 자신의 발전을 어떻게 방해할 수 있겠는가? 오히려 자기계발을 한다면서 발전하지 못하는 것이 더 바보스러운 일이다.

우리의 머릿속에는 자신의 발전과 위엄을 유지하고 행복

한 삶을 영위하는 데 필요한 모든 것이 담겨 있다. 자신은 그 머리의 확실한 주인인 것이다. 따라서 그저 지배자로서의 권한을 행사하기만 하면 된다.

그런데 왜 다른 사람의 머릿속까지 개입하고 상관하려하는가. 다른 사람의 머릿속에서 당신은 그저 침입자일 수밖에 없다. 그런데 왜 다른 사람의 머릿속에 담겨 있는 것 때문에 걱정하는가? 분명한 확신을 갖고 자신의 행동을 자신이 제어하는 범주에만 한정시킬 때 보다 더 나은 결과를 얻을 수 있는데 말이다.

당신의 기계는 녹슬고 있다

사람은 진리를 따라 살아야 한다.

"자신의 내면을 관찰하라." "천국은 자신 안에 있다." 이것이 진리다.

"그건 이미 알고 있어요. 너무 진부한 얘기들이죠. 마르쿠스 아우렐리우스도 그렇게 말했고 예수도 그렇게 말했으니까요."

그렇다. 물론 그들도 그렇게 말했다. 하지만 중요한 것은 그것을 누가 말했는지 알고 있는 것이 아니라, 그것을 진리로 받아들이는가 하는 것이다.

오늘 아침에 갑자기 자동차가 고장나서 허둥지둥 택시를 타야 했던 일 때문에 화가 났다면 우리에겐 그 위대한 스승들의 삶은 아무런 의미도 없는 것이다. 스스로 이성적인 동물이라 자부하는 인간이 자신이 전혀 통제할 수 없는 수많은 일들에 의존하여 행복과 품위와 성장을 꾀하려 하는 동안, 행복과 품위와 성장을 보장해줄 가장 절묘한 기계는 자신의 내부에서 녹슬고 있다. 그렇게 된 이유는 바로 우리들이 위대한 스승들이 말한 격언이 2천 년 전의 것이므로 지금은 실용적이지 않다는 따위의 생각을 하고 있기 때문이다.

그러나 한번 생각해보자. 우리는 모든 것을 다 안다는 투로 아이에게 이렇게 말할 것이다.

"얘야, 그건 안 돼. 너는 저 달을 가질 수 없어. 그렇게 울어댄다고 얻을 수 있는 건 아무것도 없단다. 자, 여기 멋진 벽돌들이 있잖아. 그걸 가지고 재미있게 놀다보면 여러 가지 훌륭한 기술도 배우게 되고 집중력도 생길 거야. 지금 네가 가지고 있는 것에 만족하고 그것을 잘 활용할 생각을 해야 해. 저 달을 가진다고 해도 넌 그다지 행복해지지 않을 거야."

그렇게 말했던 사람도 다음날 인사 공고에서 자신이 승진에서 누락된 것을 보고 분통을 터뜨리거나, 너무도 실망하여 일에 대한 의욕을 잃게 될 것이다.

위의 두 가지 사례는 경우가 다르다고 이야기하고 싶겠지만 그렇지 않다. 그 아이는 마르쿠스 아우렐리우스에 대해 들어본 적도 없다. 그래서 오히려 그 달을 갖고 싶어 하는 것이 더 당연하고 정당하다.

우리는 "나는 이번에 꼭 승진해야만 했어"라는 생각을 떨치지 못한다. 그건 그렇다! 나도 동의한다. 하지만 우리들은 '꼭 그렇게 되어야만 하는' 세계에 살고 있진 않다. 그리고 우리의 마음속에는 '꼭 그렇게 되어야만 하는' 것들이 철저하게 무시되고 있는 세계를 상대할 수 있는 특별한 기관이 있다. 다만 스스로 그것을 활용하지 못하고 있는 것이다.

스스로 통제할 수 없는 일에 대한 분노와 실망은 가족들까지도 우울하고 슬프게 만든다. 왜 그래야만 하는가? 자신의 분노와 실망이 인사 결과를 바꿀 수 있기 때문에? 자신의 분노와 실망이 적어도 앞으로 자신의 환경을 더욱 좋게 만들어줄 것이라고 생각하기 때문에?

전혀 그렇지 않다. 그건 단순히 자신의 기계가 오동작을 하고 있기 때문이다.

모든 것은 우주의 한 요소이다

우리는 기계를 잘 활용하는 때도 있지만 한편으로는 무척이나 분별없는 태도로 다루기도 한다. 즐거운 마음으로 외출했다가 엄청난 폭우를 만났을 때 정말 멍청한 사람이 아니라면 그 자리에 눌러앉아 날씨를 탓하지는 않는다. 우산이 있다면 그것을 펼칠 것이고 없다면 서둘러 집으로 돌아갈 것이다. 혼잣말로 투덜댈 수는 있겠지만 심각한 것은 아니다. 대부분은 그 폭우를 대기의 한 현상으로 받아들이고 그에 적절하게 행동할 것이다.

또한 불행한 사고로 인해 갑자기 자기 인생에서 소중한 어떤 사람을 잃게 되었을 때 우리는 무척 슬퍼하겠지만 곧 자신의 감정을 잘 다스릴 것이며, 그러한 운명적인 재난은 백만장자에게도 일어날 수 있다는 것을 알고 있다.

일반적으로 우리 자아는 필연적인 부분에 있어서는 스스로 개선되어간다. 하지만 운명의 예기치 않은 일격도 있고, 우주의 또 다른 면모도 있어서 우리들은 달을 가질 수 없게 된 아기가 떼를 쓰듯이 그러한 것들에 저항하기도 한다.

146

정직함에 대한 의식이 없는 어떤 사람의 경우를 보기로 하자. 그 사람은 아버지와 어머니 그리고 그를 둘러싼 환경과 그 자신이 함께 생성해낸 결과물이며, 더 나아가 그 윗대로부터 내려온 결과물이므로 결국 단세포라는 원형질까지 거슬러 올라갈 수 있다. 그 사람은 우주적인 질서의 한 결과물이기도 하며 원인과 결과에 의해 나타난 산물이기도 하다. 누구도 이것을 부정할 수는 없다. 따라서 우리는 그 사람이 쏟아져 내리는 비나, 배를 집어삼키는 폭풍우와 마찬가지로 우주 속의 한 요소라는 것을 받아들여야만 한다.

우리는 머리로는 이 세계의 많은 사람들 중에는 일정한 수의 비도덕적이거나 비상식적인 성격의 소유자들이 있을 수밖에 없다는 걸 인정한다. 그러한 인물들에 대해 철학적으로 고려할 준비가 되어 있는 것이다.

그러나 막상 그런 인물과 우리 혹은 우리 주변 사람들이 충돌할 때는 그런 생각을 못한다. 그런 비상식적이고 비도덕인 사람들 때문에 부당한 대우를 받고 있으며, 고통을 당하고 있다고 소리를 질러대는 것이다. 그리고 그로 인해 내적으로 만족감의 고갱이를 갉아먹는 불평의 씨앗을 키우게 된다. 그것은 폭우 속에 아무 대책 없이 앉아 있는 것이며, 우산을 구할 생각도 하지 않는 것이며, 안전한 곳으로 피하지도 않는 것이다. 그 사람이 우주가 수백 년 동안 서서히 만들어가고 있는 하나의 요소라는 것을 전혀 고려하지 못하게 되는 것이다.

나에게 해를 끼칠 수 있는 건 오직 나 뿐이다

우리는 성장을 위해 사물들을 변형시킬 수 있는 기계를 지니고 있음에도 불구하고 그것을 사용할 생각조차 하지 않는다. 그러면서 그가 우리에게 해를 끼치고 있다고 말한다. 그가 우리의 어느 곳에 해를 끼친단 말인가?

사람들은 대답할 것이다. 그가 우리의 마음에 해를 끼친다고, 그가 평화와 안락함과 행복과 따뜻한 심성을 훔쳐가 버렸다고.

설령 그가 그렇게 했다 하더라도 우리는 쏟아지는 폭우에 대처하는 것처럼 그에게도 확실하게 대처할 수 있다. 하지만 그가 진짜 그랬을까? 그 멍청한 인물이 침범해 들어와 우리들이 지니고 있는 소중한 것들을 훔쳐갈 동안 우리의 뇌는 무엇을 하고 있었단 말인가?

절대, 전혀, 그렇지 않다! 그가 우리들에게 해를 끼친 것이 아니다. 우주에 있어 절대로 변하지 않는 요소들 중에서 중요하고 소중한 한 가지는 바로 나 자신 외에는 나에게 해를 끼칠 수 있는 사람은 없다는 것이다. 다른 누군가가 우리에게 해를 끼치고 있다고 생각한다면 그것은 기계(휴먼 머신)가 잘못 작동하고 있는 것이다. 지금쯤이면 이 말이 정확히 무엇을 뜻하는지 희미하게나마 알 수 있을 것이다.

비난하는 대신 인정하라

묻어둔 보석은 유리조각에 불과하다

인간의 품성과 상태가 시험받고 긴장하게 되는 것은 동료들과의 사회적, 감성적 또는 사업적 관계에 의해서이다. 자신의 행동만으로, 타인과는 아무런 관련 없이 혹은 어떠한 직접적 연관 없이 이루어지는 내 인생의 문제는 일반적으로 자기 스스로가 잘 조절할 수 있다.

혼자 있을 때의 환경은 다른 이들과 함께 있을 때보다 더 단순하고 덜 혼란스러워서 안정과 자기통제에 격렬한 동요를 일으키지 않는다.

의자 때문에 방해받는다는 건 불가능하지 않은가! 의자 하나가 사람의 신경을 엉망으로 만드는 건 불가능하다. 나만큼 이성적이거나 착하지 않다고 의자를 비난할 수는 없는 일이다.

하지만 그것이 의자가 아니라 사람이라면! 그럴 경우에

바로 '삶의 문제'가 된다. 살아가는 기술 즉, 휴먼 머신으로 부터 최대한의 힘을 끌어내는 기술은 문화적인 과정이나 미에 대한 성찰 혹은 존재의 존엄성에 있는 것이 아니다. 그것은 주로 자신과 함께 이 세상에 '던져진' 사람들과의 평화, 온전한 평화, 오로지 평화를 지키는 것이다.

한밤중에 자기 방에 혼자 앉아 셰익스피어 혹은 바흐에 빠져드는 것이 나 자신을 '향상시키는 것'이며 살아가는 법을 배우는 것일까? 공부를 싫어한다거나, 영원한 진리는 일상적인 것을 뛰어넘는 것이라는 식으로 교묘하게 본질적인 질문을 피하려 들지 말아야 한다. 그렇게 해서는 아무것도 할 수 없다.

가지고 있는 것만으로 기쁨을 느낄 수 있다고 해서 책을 갖고만 있는 것은 너무나 어리석은 짓이다. 또한 진리가 영원함을 느끼게 해준다면 단 하루만일지라도 영원함을 느낄 수 있도록 해줘야만 한다. 그것들을 하루를 살아가는 데 필요한 동전으로 바꿀 수 없다면 그 진리는 진리가 아닌 것이다. 그것은 단순히 유통시킬 수 없는 유리조각(다이아몬드라고 해도 마찬가지다)에 불과하다.

그들을 비난하지 마라

우리는 아침에 자리에서 일어나며 스스로 이렇게 말할 수 있다.

'나는 내 뇌의 주인이다. 어느 누구도 그 안으로 들어설 수는 없다. 설사 아주 강한 힘을 가진 난폭자 혹은 노크할 필요도 없는 아주 가까운 친구가 문을 밀고 들어온다 하더라도, 나에게 아무런 영향도 끼칠 수 없다. 절대 영향을 끼치게 하지는 않을 것이다. 나에겐 평온함을 지킬 능력이 있으며 또 그렇게 할 것이다. 이 땅의 그 어떤 존재라 할지라도 나의 원칙들을 허물게 할 수 없으며, 우주의 아름다움을 보지 못하게 방해할 수 없으며, 마음을 우울하게 하거나 신경을 날카롭게 하거나 내 운명에 대해 불평하도록 만들 수는 없다. 이러한 모든 것들은 다 나의 뇌에 의존하고 있기 때문이다. 즐거움과 다정함 그리고 정직한 생각은 모두 뇌의 한 부분에 담겨져 있다. 잘 훈련된 뇌는 그러한 것들을 성취할 수 있다. 나의 뇌는 훈련되어 있으며 시간이 지날수록 더 훌륭하게 훈련될 것이다. 그럼으로써 나는 위태로운 상황에서 벗어날 것이며 내 스스로 모든 관계를 다시 이성적 존재로서 대처할 수 있게 될 것이다.'

누구나 의지력으로 이러한 확신을 뇌 속에 깊이 심을 수 있으며, 이러한 생각을 부단히 각인시켜 이성의 최고 수준에 도달할 수 있다.

주변 사람들이 어떻게 행동하든 전혀 신경 쓰지 않고 자신만의 관심사에 집중하게 하는 방법으로 확실하게 자신의 뇌를 그러한 습관을 지닌 기계로 만들 수 있다. 그러나 뇌가 더욱 완벽해지는(상대적으로) 방법은 다른 휴먼 머신들의 경우를 냉정하게 참고하는 것이다. 그러면 보다 짧은 시간 내에, 자연스럽게 높은 경지에 이르게 된다.

주변 사람들에 대한 나의 태도가 본질적으로 잘못된 것이라면, 비록 장애를 잘 견딜 수 있도록 자신을 잘 관리해왔다 해도 나의 사고기관(Thinking Machine)에 불필요한 장애를 일으킨다.

자기 자신도 비난하지 마라

자연스러운 삶의 비밀은 바로 평온한 즐거움이며 그로 인해 나 자신에게 언제나 합리적인 능력을 지니게 해주어서 본능이나 순간적인 열정 대신 이성을 바탕으로 살아갈 수 있게 하는 것이다.

평온한 즐거움의 비밀은 바로 따뜻함이다. 지속적으로 따뜻한 생각들을 하지 못하는 사람은 지속적인 즐거움과 평온함을 누릴 수 없다.

하지만 인생의 대부분의 시간을 자기를 둘러싼 환경의 일부인 주변 사람들을 비난하는 데 써버린다면 어떻게 평온한 즐거움을 누리며 살 수 있겠는가?

만약 남을 비난하면서도 쾌적한 삶을 살고 싶다면 그것은 자기 관리에 엄청나면서도 소모적인 노력을 기울였을 때만 가능한 것이다.

그렇다면 평온한 즐거움을 누리며 사는 가장 소중한 비밀은 바로 주변 사람들을 비난하지 않는 것이며, 남을 재단하거나 평하지 않는 것이라 할 수 있다.

이렇게 항변할 수도 있다.

"아니, 난 절대로 말을 입 밖에 내어 비난하지는 않았어. 그건 어린애 같은 행동이야. 나는 그런 비난들을 내 가슴 속에 담아 두고 살았고, 그것은 차츰 곪아 터지고 있었지."

그러나 입 밖으로 표현됐건 아니건 세상의 모든 비난은 잘못된 것이다. 다른 사람들을 비난하는 것은 그것을 통해 자신을 정당화하고 두둔하려고 하는 것이며, 그것이 오히려 당신을 망치고 있다.

남들은 물론이고 자기 자신도 비난하지 말아야 한다. 대신 자신에 대해 스스로 설명(납득)할 수 있어야 한다. 언제, 어떤 경우라도 자기 자신을 설명할 수 있어야 한다. 만약 친한 친구를 속였다면 그것에 대해서도 자신에게 만족스럽게 설명할 수 있어야만 한다. 그리고 자신을 비난하는 대신 자신을 그렇게 극단적인 지경으로 몰고 간 상황에 공감할 수 있어야만 한다.

나와 동등한 타인의 권리를 인정하라

이제 솔직하게 자신의 사고 과정을 살펴보자. 그러면 남에 대한 태도가 자신을 대할 때와는 전혀 다르다는 것을 인정하게 될 것이다.

전혀 그런 것처럼 보이지는 않지만, 일단 자신은 문제의 원인에서 멀찍이 떨어뜨려놓고 자신이 행복하지 않다는 이유로 끊임없이 남을 비난하고 있는 것이다.

나와 다른 성격을 지닌 사람과 부딪치게 될 때, 그래서 편안하게 행동하는 것에 방해가 될 때마다, 당신은 그를 은밀하게 비난하고 있는 것이다. 그것은 마치 세상을 향해 이렇게 외치고 있는 것과 같다.

"내가 가야 하니, 모두들 내 앞길에서 비켜!"

그러나 모두들 비켜주지는 않는다. 당신 또한 진심으로 다른 사람들이 다 비켜줄 거라고 생각하지 않는다. 하지만 마음 한켠으론 자신이 진심으로 그렇게 믿고 있는 듯이 행동하고 그런 마음으로 사람들을 비난한다. 그로 인해 따뜻함이나 즐거움과는 더욱 더 멀어지고만다.

우리가 끊임없이 생각해야만 하는 것은 바로 이것이다. 내가 겪어나가야 할 사람들 그리고 함께 행복을 만들어 가야만 하는 인적 환경은 나 자신만큼이나 필연적이고 불가피한 변화의 계획 속에 있는 것이다. 자신이 갖고 있는 만큼의 권리를 그들도 갖고 있다는 것을 알아야 한다. 자연 앞에서 그들도 나와 동등하다는 것을, 자신이 이해받아야 하는 만큼 그들도 이해받아야만 하며, 자신에게 허용된 것만큼 허용돼야 한다는 것을 생각해야만 한다. 그리고 그들에게 당신이 기질과 환경에 합당한 책임을 지는 것 이상의 책임을 지도록 요구해서는 안 된다.

그들 또한 당신이 스스로에게 제공하는 배려를 동등하게 누릴 수 있어야 한다는 것을 잊지 말아야 한다. 어쩌다 한 번 생각하는 것으로 그치는 게 아니라 평상적으로 늘 그렇게 생각하면서 자신이 자주 만나는 한 사람 한 사람을 개별적으로 받아들여야 한다. 그리고 사려 깊은 이성으로 노력을 기울여 그들을 이해하려 해야 한다.

그들이 왜 그렇게 행동하는지, 그들의 어려움은 무엇인지, 그들의 입장은 무엇인지 그리고 어떻게 하면 충돌을 피할 수 있는지에 대해 이해하도록 노력해야 한다.

도덕 없는 완벽은 없다

매일 아침마다 그러한 각 개인들의 경우에 대해 자신의 뇌가 충분히 받아들일 수 있을 때까지 생각을 거듭해야만 한다. 그것이 바로 훈련 과정이다. 그 과정을 따르게 되면 점차 남을 비난하는 무의미한 습관을 버릴 수 있으며, 평온하고 흔들리지 않는 자제심의 기반을 쌓게 될 것이다. 자제심은 이성에 따른 행동과 행복을 만드는 휴먼 머신의 완벽한 효율성을 위해 반드시 있어야 할 준비물이다.

하지만 내 안에서 또 다른 목소리가 나올 수 있다.

'그러니까 또 남의 입장에 서보라는 말씀이군. 또 남을 위해 행동하라는 성자 같은 말씀이야.'

만일 이런 목소리가 들린다면 그것은 내 안의 어느 한구

157

석에 '도덕적'인 것에 대한 거리낌이 있는 것이다. 하지만 도덕이라는 것은 합리적인 행동의 또 다른 이름일 뿐이다. 그것은 에고티즘(Egotism, 자아주의)의 보다 고귀하고 보다 실용적인 형태인 것이다. 그러한 에고티즘은 바로 남들을 자유롭게 하면서 나를 자유롭게 하는 것이다.

도덕에 대해 거부감이나 부끄러움을 갖는 것은 그동안 저급한 형태의 에고티즘을 실행해 왔지만, 결국 실패하고 말았기 때문이다. 그러나 만약 도덕적인 인간이 되는 것을 두려워한다면, 완벽한 자신의 모습에 도달할 수 없다는 걸 알아야 한다.

사소한 불화를 멀리하라

불화, 나태한 일상이 내지르는 비명

지금 우리가 나누고 있는 이야기는 특출한 능력을 가진 사람들이 할 수 있는 영웅적인 시도나 야망 같은 것이 아니라, 누구에게나 해당되는 일상적인 문제에 관한 것이다. 평범한 가정과 사무실에서의 평범한 하루에 대해 말하고 있는 것이다. 비록 일주일에 일곱 번씩 찾아오고 쉽게 상상할 수 있는 가장 진부한 것이지만 관심을 가져야 할 충분한 가치가 있는 것이다.

우리의 휴먼 머신은 하루를 어떻게 보내고 있는가?

생각해 보면 모든 일을 멈추게 할 정도는 아니지만 주변 환경과의 불화는 자주 일어난다. 가끔 그 불협화음은 엄청나게 커서 모든 일을 방해하기도 하고, 드물기는 하지만 브레이크가 완전히 고장난 것 같은 비명소리가 들리기도 한다.

자신의 삶이 가족들이나 사무실 직원들을 다 수용할 수 있을 만큼 넉넉하지 못하다는 것을 느꼈던 때가 있었을 것이다. 마치 아침에 깨어났을 때 끔찍한 두통에 고통스러워하면서도 좁은 욕실을 오가며 출근 준비를 서둘러야 하는 상황과 같은 것이다.

"제발 수건 좀 제대로 걸어 둬!" 하고 사납게 소리를 지르거나 "뭐 하나 제자리에 있는 게 없어" 하고 무심결에 누군가를 향해 쏘아댄 적이 있었을 것이다. 그것은 어쩌다 한 번 있는 일이며, 평상시에는 그저 조용히 출근 준비를 서두를 뿐이라고 생각할지 모른다.

그러나 자신이 의식하지 못하는 사이에 주변 환경과의 불협화음은 계속되고 있는 것이다. 그리고 우리는 점차 그러한 불협화음에 익숙해져간다. 어둡고 답답한 방에서 그 답답함을 제대로 느끼지 못하는 것처럼 주변과의 불협화음도 거의 느끼지 못하고 살고 있는 것이다.

그리하여 어느 날 아침 마침내 그 끔찍한 상황을 인식하고는 급한 전보문을 보낸다. 인생은 살 만한 것인지, 결혼 열차는 제대로 가고 있는 것인지, 자신이 서 있는 자리는 어디쯤인지, 그리고 옆 자리의 동료들이 서 있는 자리는 어디인지, 지금 자신에게 남아 있는 것은 무엇인지 묻게 되는 것이다.

대부분 가정에서 일어나는 여러 가지 형태의 다양한 불협화음은 사실, 아무런 불협화음도 없는 가정을 우연히 보게 되었을 때 비로소 느끼게 되고, 그로 인해 깜짝 놀라게 된다. 그때서야 자신이 어떤 불협화음을 일으키며 살고 있는지를 알게 된 것이다. 그리고 아무런 불협화음이 없이 지내는 집을 보고 이렇게 묻는다.

"어떻게 그렇게 살 수가 있지?"

그러나 그 조화로운 집으로 들어가는 문은 누구에게나 열려 있다. 물론 당신에게도 열려 있다.

불화의 주범, 목소리

일상생활에서 일어나는 불협화음의 90퍼센트는 '목소리'에서 비롯된다.

일단 쉽게 할 수 있는 실험을 해보자. 아기나 강아지에게 이렇게 말해보라.

"너 참 조그맣고 귀엽구나. 정말 깜찍하고 예쁘다."

그리고 다음에는 같은 이야기를 목소리를 한껏 높이고 화가 난 듯 말해보자.

두 번의 실험을 비교해 보면 같은 이야기라도 전달하는 목소리의 톤이 얼마나 중요한지 금방 알게 될 것이다.

귀엽고 예쁘다는 이야기를 목소리 톤을 높여 소리지르듯 했을 때, 아기는 입을 삐죽거리며 칭얼대기 시작할 것이고 강아지는 슬금슬금 당신을 피해 달아날 것이다. 아기나 강아지는 말하는 내용이 무엇인지 전혀 알아듣지 못한다. 그러나 그 말을 전하는 목소리에서 말하는 사람의 감정을 느끼고 두려움을 갖게 되는 것이다.

이 실험을 통해 말하는 내용보다 목소리의 느낌이 주는 효과가 더 크다는 것을 알 수 있다. 말은 그의 생각을 전달하고 목소리는 그 말을 듣는 사람에게 자신의 정신적 태도를 전달한다. 그러므로 불협화음에 관한 한, 전달하는 태도가 품고 있는 생각보다 더 중요한 것이다.

아내가 당신을 향해 이렇게 말한다.

"지난번에 말했던 그 옷을 꼭 사야겠어요."

당신은 매우 진지하게 이렇게 대답한다.

"그렇게 해요."

하지만 그렇게 말하는 목소리의 느낌에 따라 "그러고 싶으면 그렇게 해. 어차피 당신은 막무가내니까"라고 들릴 수도 있다. 또는 "그렇게 해. 옷 얘기로 날 괴롭히지 마. 난 당신 옷 따위 관심도 없으니까"라고 들릴 수도 있고, "그렇게 해요. 나는 당신이 갖고 싶은 걸 해주고 싶어. 하지만 당신이 조금만 봐줬으면 좋겠어. 요즘 조금 돈이 쪼들리잖아"라고 들릴 수도 있다.

왜 그렇게 들리는지에 대해서는 더 이상 설명할 필요도 없을 것이다.

분노는 당신을 망친다

목소리는 태도를 표현하는 것이기 때문에 그것은 당연히 품고 있는 태도를 드러낸다. 불협화음을 일으키는 목소리는 대부분, 앞에서 아무 쓸모도 없고 부적절한 것이라고 했던, 항상 남을 비난하는 태도에서 비롯된다. 끊임없는 훈련을 통해 우리는 이처럼 남을 비난하는 바보 같은 태도를 서서히 버릴 수 있으며, 그럼으로써 목소리도 점차 변해갈 것이다.

흥미롭게도 진심 어린 정신적 태도가 목소리에 영향을 끼치는 것과 마찬가지로, 의도적인 계산에 의해 긍정적인 목소리를 내는 경우에도 정신적 태도에 영향을 미친다.

만약 당신이 누군가에게 정말로 불쾌해하고 있지만, 화

163

를 내는 것이 바보스런 일임을 잘 알고 있기 때문에 의식적으로 차분한 목소리를 내어 자신의 분노를 감추게 되면 분노가 단번에 사그라지는 것을 느끼게 될 것이다.

이성적인 의식 훈련을 하게 되면 분노의 대상으로 여기고 있는 상대방도 존재할 권리가 있음을 알게 될 것이며, 그가 아무 저항도 못하는 구두주걱도 아니고 용서 못할 악당 또한 아니라는 것도 알게 될 것이다. 결국 분노로는 아무것도 얻을 수 없으며 오히려 많은 것을 잃을 뿐이라는 것을 알게 될 것이다. 분노가 자신에게 어떤 측면으로도 전혀 도움이 되지 않는다는 것을 깨닫게 되는 것이다.

사소하지만 지속적으로 발생하는 일들

내가 사랑하는 동료와 처음 언쟁을 나눈 후에 관계 회복을 위해 건넸던 부드리운 목소리를 기억하고 있는가? 나의 행복을 좌지우지할 까다로운 사람으로부터 무언가를 얻어내기 위해 건넸던 설득력 있는 목소리를 기억하고 있는가? 왜 자신의 목소리를 항상 그런 때의 목소리로 만들어내지 못하는가? 우리는 왜 목소리 훈련을 세심하게 하지 않는 것일까?

가장 간단한 방법으로 자신만의 가장 확실한 '수양방식'을 확보하는 것이 자신의 품위에 어울리지 않는 것인가? 우리의 마음속에 위대한 사람을 향해 공손함과 존경심을 보이는 것이 자신을 초라하게 만든다는 독특한 생각이 감추어져 있는 것인가?

우리의 행복은 어쩌다 말을 주고받게 된 사람들에게 달려 있는 것이 아니라고 말할 수도 있을 것이다. 하지만 우리 자신의 행복은 언제나 그런 사람들에게 달려 있다.

불화를 만들게 되면 스스로 고통을 당한다. 자신과 아무런 관련도 없는 사람을 자신의 목소리로 인해 화나게 하고 그들과 쓸데없는 언쟁을 벌인다. 주변 환경을 다루는 자신의 기계(휴먼 머신)가 자존심과 무관심과 무개념 때문에 고통을 받음으로써 충분히 피할 수 있는 불화를 오히려 야기시키고 있었던 것이다.

내가 지금 두더지가 파놓은 조그마한 흙더미를 커다란 산이라며 허풍 떨고 있는 것이라 말할 수도 있다. 하지만 절대 그렇지 않다. 다만 나는 작은 흙더미도 천만 개쯤 모이면 커다란 산이 된다는 것을 알고 있을 뿐이다.

그것이 바로 인생이다. 사소하지만 지속적으로 발생하는 일들이 우리 인생에서 가장 중대한 결과를 만들어낸다.

다시 반복하자면, 왜 신중하게 부드럽고 설득력 있는 목소리가 어떤 결과를 이끌어내는지 확인해보지 않는가? 분명 놀라운 결과를 확인하게 될 것이다.

30분간의 목소리 훈련

이 글을 읽으며 우월감이 섞인 미소를 지을 수도 있다. 왜냐하면 이미 오래 전에 항상 부드럽고 설득력 있는 목소리를 내겠다고 결심했으며, 또한 어제 바로 옆에 앉은 동료와 끔찍한 말다툼을 하게 된 유일한 이유가 바로 스스로 그 결심을 지키지 못해서라는 것을 알기 때문이다.

그런 사람이 해야 할 일은 바로 매일매일 집중하여 자신의 뇌가 새로운 습관을 지닐 수 있도록 학습시키는 것이다. 아침에 30분 가량을 뇌가 아무런 생각도 하지 않도록 훈련하는 것이다. 어느 정도 시간이 흐르면 뇌는 자동적으로 학습된 것을 기억해낼 것이다.

이전에 자신이 저지른 실수들은 당연하게도 훈련되지 않은 뇌가 결정적인 순간에 학습된 것을 잊어버렸기 때문에 벌어진 일이다. 우리의 뇌가 알아차리기도 전에 목소리가 먼저 밖으로 나와버렸던 것이다.

마치 초소를 지키는 병사가 된 것처럼 잘못된 목소리뿐 아니라 남을 비난하려는 조짐까지 경계해야 한다. 양미간을 찌푸리는 것도 경계해야 한다. 스스로 자신의 아주 사소한 부분까지 부단히 관심을 기울여야 하는 것이다.

30분 동안 침대에 누워 아름답고 멋진 목소리를 내는 계획에 온 힘을 다해 집중해본다. 자리에서 일어나 옷을 챙겨 입을 때, 넥타이가 단번에 멋지게 매지지 않으면 양미간을 찌푸리며 투덜대기 시작한다. 환경에 대해 잘못된 태도를 가지려 하는 조짐이 보이는 것이다. 이런 경우 당신은 깨어났지만 뇌는 아직 깨어난 것이 아니다. 이런 것들이 스스로 판단할 수 있는 조짐이다.

이것은 아주 사소해 보이지만 절대 사소한 것이 아니다. 넥타이 따위에 양미간을 찌푸리게 된다면, 넥타이 때문에 불평하고 비속어를 내뱉는다면, 책임을 져야 하는 어떤 상대를 어떻게 대할 수 있겠는가?

바로 이것이 문제다. 따라서 매우 어렵겠지만 사소한 듯이 보이는 일에서부터 처신을 잘해야만 한다.

분노의 불길은 자신을 태운다

모든 것을 잃게 하는 불길, 울화통

우리가 보내는 일상 속에서 뇌를 사용하면서 가끔은 매우 까다로운 문제가 발생하곤 하는데, 그것은 뇌를 잘못 활용한 결과라 할 수 있다. 이런 현상은 아주 중요한 문제에서 파생되는 것이지만, 그에 대해 말하면 분명 거만하게 나를 조롱하는 독자들이 있을 것이다.

"요즘 같은 시대에 이런 종류의 이야기를 들으려고 하는 독자들은 없어요!"

하지만 그럼에도 불구하고 이 책에서 다루고자 하는 주된 주제 중 한 가지가 '사람들이 말하지 않는 것들'에 대해 논의해보자는 것이므로 이 문제를 제기하려 한다. 먼저 어떤 장면을 묘사하는 것을 통해 우회적으로 시작해보자.

자, 이렇게 상상해보자. 어떤 사람의 집을 바라보고 있는데 갑자기 그 집에 불이 났다는 것을 알게 되었다. 불꽃은 거의 알아차릴 수 없는 정도이고, 누군가 재빠르게 움직인다면 그 불을 끌 수 있다. 하지만 내 맘대로 그렇게 할 수는 없다. 그것은 어떤 사람의 집이지 나의 집이 아닌 것이다.

집 주인은 자신의 집이 불타고 있다는 것을 알 수도 있고 모를 수도 있다. 하지만 그 전의 경험에 의해 당신이 그에게 불에 대한 이야기를 해주었을 때, 당신의 경고에 대해 그가 믿을 수 없을 정도로 지극히 비상식적인 태도를 보일 수도 있다는 것을 알고 있기도 하다. 즉, 경고를 듣게 된 그가 오히려 격하게 화를 내며 갑작스럽게 성냥불을 켜대고 석유를 끼얹어 불길을 더 피워 올릴 수도 있는 것이다.

그런 가능성 때문에 그저 서서 그 집을 바라보면서 불길이 진압하지 못할 정도로 커지기 전에, 그래서 모든 것을 다 태워버리기 전에 그가 알아차리기만을 바라고 있을 뿐이다.

재난이 오고 있다는 것을 알고 있지만, 피할 수 있는 아무런 대책도 없이 소중한 재산이 불타버리는 것을 지켜볼 수밖에 없는 운명에 빠져버리는 것이다.

불길은 점점 더 활활 타오르고 모든 것을 다 태워 없애버리기 전에는 소멸되지도 않는다. 당신은 그 광경을 더 이

상 바라보지 못하고 물러나버리고, 그 집 주인은 아무런 일
도 일어나지 않은 것처럼 태연하다. 거센 불길이 집 전체를
휩쓸고 태워버린 후에야 그 사람은 자신의 부주의에 대해
저주를 퍼붓는다.

울화의 불길은 인격에 화상을 입힌다

지금까지 이야기한 것은 이른바 '울화통'으로 알려진 분
노의 폭발이 일어나는 과정을 묘사한 것이다.

울화통을 터뜨리는 사람은 결국 '불이 나서 모든 것을 잃
어버린' 사람일 뿐이다. 그의 성품은 이 세상에서 가장 희
한하고 또 모든 사람들에게 끔찍한 구경거리를 제공한다.
그것은 폭동과 같고 끓어 넘치는 물과 같으며 휘몰아치는
폭풍과도 같다. 위엄과 상식과 이성은 사그라지고 파괴되어
버렸다. 무정부 상태가 된 것이다. 악마가 그의 족쇄를 풀
어주었기 때문이다. 본능이 이성의 전면에 등장했다. 그리
고 그 사람이 쌓아놓은 문명은 일시적으로 수백 년 전으로
후퇴해버렸다.

당신은 즉시, 최근 몇 년 동안 울화통을 터뜨려본 적이
없노라고 반박할지도 모른다.

그러나 이러한 불길은 다양한 강도를 지니고 있다. 어떤 것은 매우 느리게 탄다. 하지만 타는 건 타는 것이다. 경우에 따라 어떤 사람은 울화통을 터뜨리지만 단순히 열을 받는 것으로 끝나는 사람도 있다. 하지만 두 가지 다 같은 종류다.

열이 잔뜩 올라 스스로를 놀라게 할 만한 감정적인 흔들림을 인식할 때, 목소리가 바뀌었을 때, 자신의 '예민한 부분'을 건드렸다고 생각되는 동료에 대한 자신의 태도가 바뀌었음을 느낄 때, 비록 가구를 주먹으로 내리치지는 않았더라도 당신은 불을 지른 것이며 존엄성은 상처를 입은 것이다. 그러한 것을 나중에 스스로 인정하게 될 것이다.

이제 내가 하려는 말이 무엇인지 분명 알고 있을 것이다. 그리고 솔직히 이따금씩 이러한 알 수 없는 '불' 때문에 고통을 겪고 있음을 인정할 것이다.

'노여움'은 인간 사회의 질병 중 한 가지이며 일반적으로 잘 낫지도 않는다. 그리고 그다지 바람직한 결과를 만들어 내지 못하는 자기관리라는 모호한 과정을 통해 유지된다. 그것은 마치 하늘의 섭리에 의해 겪을 수밖에 없는 질병처럼 받아들여진다. 하지만 나는 이것이야말로 궁극적으로 치유될 수 있는 현상이라고 확신한다. 그리고 대다수의 인류가 겪고 있는 골칫거리라는 막대한 중요성 때문에 특별한 관심을 갖고 대해야 한다고 생각한다.

이성으로 분노를 통제하라

나는 이런 감정들이 신의 섭리에 의해 겪어야 하는 것이라는 이론에 강력히 반대한다. 그것은 비과학적이며, 원시적이며, 방종을 조장하는 것이기 때문이다. 사람은 자신의 집을 통제할 수 있다. 힘과 의지만으로 할 수 없다면 전략과 기지를 동원하면 된다.

이처럼 파괴적이며 수치스러운 본능의 반란에 의해 내 마음이 흔들리려 할 때, 나는 이성의 힘을 활용할 것이다.

자기 자신의 분노와 티격태격하며 다투는 것은 바보짓이며 아무런 결론도 없으며 해롭기만 할 뿐이다. 자신의 분노를 어떤 형식으로든 표출하게 되면 분명 과격해지고, 어쩔 수 없이 이성을 잃은 자신의 모습을 지켜보게 된 사람들에게도 부당한 행동을 하게 된다. 따라서 그 누구에게도 아무런 쓸모없는 행위일 뿐이다.

불안정한 성품을 지닌 사람과 다툼을 벌이는 것도 백해무익한 일이다. 호주머니 속에 장전된 권총을 품고 서성이며, 논리적이고 이성적인 모든 생각들을 권총의 공포로 짓누르는 것으로 이루어진 평화는 부끄럽고 정의롭지 못한 평화일 뿐이기 때문이다.

노여움과 울화통의 분출과 같은 습관은 사람들의 마음 속에 있는 보다 더 강력한 특성을 이용하여 적절히 다루어야 하고 또 극복되어야 한다. 일반적으로 사람들은 다른 사람들 앞에서 우스꽝스러워지는 것을 극도로 싫어한다. 그런데 남들 앞에서 울화통을 자주 터뜨리는 사람들은 자기 자신이 아주 훌륭하고 멋진 행동을 하고 있다고 생각한다. 그러나 사실은 그와는 정반대로 그는 자기 자신을 웃음거리로 만드는 것이다. 자신은 보잘 것 없는 인격을 가진 바보라고 과시하는 것이며, 겉모양만 어른일 뿐 정신은 떼 쓰는 아이에 불과하다고 떠드는 것이다.

그는 미친 듯이 날뛰거나 혹은 분노를 감춘 음침한 태도로 심약한 상대를 협박할 수는 있다. 그러나 그로 인해 설사 아주 마음이 약한 사람이라 할지라도 확실하게 그를 경멸하는 마음을 갖게 될 것이다.

불안정한 성품을 지닌 사람에 대한 주변 동료들의 태도는 경멸이며, 그것은 그 동료들의 잘못이 아니라 그가 이성적인 사람이 아니기 때문인 것이다. 이성이 깨어 있는 시간

이 매우 불안정한 사람을 어떻게 이성적인 사람이라고 할
수 있겠는가? 게다가 그는 자신이 사람들에게 어떤 평판을
받고 있는지 제대로 알지도 못하고 있다!

분노는 어리석은 사람 품에 머문다

하지만 이렇게 극단적으로 어리석은 습관을 가진 사람들
도 자신의 뇌를 훈련시킴으로써 치유할 수 있다. 그런 사람
들은 다음과 같은 생각에 정기적으로 집중하는 훈련을 하
면 된다.

'내가 화를 내면, 내가 이맛살을 찌푸리면, 그 알 수 없
는 진동이 온몸을 휘감게 된다면 나는 스스로 멍청이가 되
는 것이다. 얼간이, 바보, 정말 우스꽝스러운 인간이 되는
것이다. 나는 덩치만 커다란 애처럼 행동하는 것이다. 나는
바보처럼 보일 것이다. 품위도 체면도 모두 다 잃어버릴 것
이다. 모두들 나를 경멸하고 몰래 비웃으며, 도저히 이성적
인 사람이 되기 불가능한 미숙아라며 깔볼 것이다.'

일반적으로 이러한 성향을 지닌 사람들은 자신이 가진
이러한 면모를 무시한다. 그리고 그들의 뇌는 본능적으로
가능하다면 최대한 자신의 문제를 피하려 한다. 하지만 마

음이 차분해지는 시간에 천천히 정기적으로 집중하는 연습을 통해 뇌가 자신의 문제를 대하는 데 익숙해지도록 한다면 문제는 해결될 수 있다. 어떤 상황에 부딪혔을 때 본능적으로 제일 먼저 의도된 어떤 생각이 떠오르도록 만들고 그 생각이 금세 사라지지 않도록 할 수 있기 때문이다. 이러한 경지에 다다를 수 있게 되면 그는 '치료된' 것이다.

처음 불이 붙었을 때부터 기꺼이 덩치만 큰 어린아이거나 불쌍한 경멸의 대상으로 전락하여, 불을 끄려는 결단력을 발휘하지 못하는 경우는 전혀 없다. 하지만 이 점에 주목해야 한다. 즉시 행동에 옮기지 않는다면 불을 끌 수 없다는 것이다. 불은 불이다. 끄면 꺼지고 놔두면 번지는 것이다. 엔진은 엔진이다. 필요할 때 즉시 가동되어 정거장을 벗어날 수 있어야만 한다.

그렇게 되기 위해선 정신적인 훈련이 습관화되어 있어야 한다. 물론 훈련의 예비단계 동안에 그는 흥분하기 쉬운 환경을 피해야만 한다. 만약 뇌가 자연스럽게 망각하는 훈련이 되어 있다면 너무나도 간단한 일이기도 하다.

"급하게 화내지 마라. 분노는 어리석은 사람 품에 머문다."(전도서 7장 9절)

해답없는 질문에 매달리지 마라

남의 일에 에너지를 소모하지 마라

지금까지 일상적인 불화(불협화음)의 일반적인 주요 원인에 대해 이야기했다. 이제부터는 보다 부차적인 원인을 살펴보고 단순한 일상성의 문제를 마무리하기로 하겠다. 이 부차적인 원인이란(부차적이라는 수사가 이것으로 인해 발생하는 결과들이 사소하다는 뜻은 아니다) 기계가 원하지 않는 일을 강제적으로 하게 함으로써 생기는 긴장이다.

사람들은 전혀 필요하지도 않으면서 부적절한 과제를 지속적으로 부과하기 때문에 자신의 기계에게 매번 업무를 효과적으로 수행하라고 설득할 수 없다.

예를 들면, 언제나 벌어지는 일상적인 일을 하면서 진실을 위한 싸움을 벌일 때만큼의 힘을 소비한다면 무척이나 어리석은 일일 것이다.

진실을 확고히 알고 받아들이고자 하는 순수한 열정은

대개 '모순적'이다. 하지만 그렇기 때문에 그 열정을 당연히 받아들여서는 안 된다. 그것은 보다 고귀한 어떤 것이기 때문이다.

아주 단순한 예를 하나 들어보자.

아내가 존스네 가족이 새로운 집에 1년에 65달러의 세를 주고 입주했다고 말했다. 그런데 존스를 직접 만나 들어보니 56달러라고 했다. 나는 아내에게 잘못 알고 있다고 말해주었다. 아내는 자신이 옳다고 알고 있었으므로 내 말이 틀렸다고 항의하듯 말했다. 아내는 내가 틀린 사실을 알고 있다는 것을 참을 수 없었던 것이다. 아내에게 그것은 세가 얼마냐의 문제가 아니라 진실에 관한 문제였던 것이다.

진실에 관한 아내의 열망은 진실에 관한 내 열망을 자극했다. 5분 전만 해도 나는 존스네 가족의 새로운 집이 1년에 65달러인지 56달러인지 전혀 신경 쓰지 않았다. 하지만 지금 나는 집세가 56달러라는데 강하게 집착한다. 이제 나는 스스로 존스네 가족의 새로운 집과 집세에 관한 진실을 널리 알려야 하는 책임 있는 시민이 되기를 자청하게 되었고, 아내 또한 마찬가지 상황이 된다. 그래서 정연한 논리와 논쟁적인 수단을 다 동원하고 감정을 엄격하게 관리하면서, 우리 두 사람은 너무나 소중한 엄청난 양의 에너지를 소비하며 설전을 벌인다. 그리고 그러한 행위의 결과는 아무것도 없다.

당신이 진실의 수호자인가

하지만 우리 두 사람 중 한 명이라도 인간 구조의 기본적인 원리를 알고 있었다면, 이렇게 말했을 것이다.

"진실은 파괴할 수 없는 거야. 진실은 지금 당장 밝혀지지 않는다 해도 머지않아 밝혀질 거야. 진실은 분명하게 존재하니까. 결국 당신은 존스 가족의 새 집에 관한 진실을 알게 될 거야."

내가 이미 이러한 기본 원리를 알고 있었다면 그녀(혹은 그)가 그것을 이해하게 되는 순간이 진실 여부와 관계없이 자신이 이기는 순간이 되었을 것이다. 그리고 내가 보여준 정확함과 차분한 절제는 확고하게 통합되어 자리 잡을 것이다.

만약 운 나쁘게도 내가 잘못 알고 있는 경우였다면, 지나친 확신을 보이지 않는 것이 훨씬 더 나을 것이다.

그러나 더 중요한 것은 어느 누구도 나를 존스 가족의 새로운 집에 관한 위대한 진실의 유일한 수호자로 지목하지 않았다는 것이다. '나는 그러한 일을 하기 위해 이 땅에 태어난 것도 아니며 보다 더 급한 문제들이 나의 노력을 기다리고 있다.' 그런 일상적이고 사소한 문제에 대해서 이렇게 성찰한다면 필요 없는 대부분의 불화는 피하면서, 정말 필요할 때 쓸 수 있는 더 많은 에너지를 비축할 수 있다. 불화 때문에 생기는 많은 위험도 피할 수 있다. 그리고 무엇보다 중요한 사실은 존스 가족의 새 집의 가격은 우리가 싸우든 말든 그대로 정해져 있다는 것이다.

과도한 열정

자신이 믿는 진실을 타인에게 전달하기 위해 쏟아 붓는 과도한 열정은 우리 자신의 기계에 긴장을 더하고, 자신과는 별 상관도 없는 타인들의 기계 상태에 지나친 관심을 갖게 한다.

이런 태도는 아무런 소득도 없이 오히려 자신을 해치는 끔찍한 습관이다.

이러한 습관은 거의 모든 가정과 사무실에서 쉽게 찾아볼 수 있다. 그리고 그러한 일에 에너지를 소모하는 자신의 머리보다 남의 머릿속에 있는 심리를 조절하는 데 너무나 많은 공을 들인다. 이러한 시도는 언제나 위험하고 대부분 무익하다. 자신의 노력이 잘 받아들여질 것으로 생각하지만 사실은 그렇지 않다. 그 구조에 대해 제대로 알지 못하는 자신의 뇌를 다루는 것도 힘들고 어렵다는 것을 안다면, 타인들의 뇌를 미세하게 조절하려는 것은 너무 용감하거나 아주 무모한 시도라는 것도 알 것이다.

그런데도 우리들은 그러한 선교사적인 정신 때문에 너무나 많은 괴로움을 겪는다. 우리의 형제들이 살고 있는 미지의 대륙으로 항해해 나아가 그 땅에서 너무나 잘못된 일들이 벌어지고 있음을 가르쳐주어야 하고, 그것을 바로잡아야 한다는 사명감과 욕망 때문에 스스로를 너무나도 불편하고 불쾌하게 만들고 있는 것이다.

정말 그렇게 하고 싶다면 온 힘을 다 기울여 자신을 훌륭한 품성의 소유자로 만들어야 하고, 더 나아가 마치 '백인의 책무'라는 생각 때문에 세계를 식민지화하려 했던 것처럼, 그 품성을 널리 확장해야만 한다. 그런데 우리는 무조건 우리가 믿는 대로 그들이 믿지 않는다고 화를 내며 에너지를 소모하고 있는 것이다.

'남의 일'보다 '자신'에게 집중하라

효율적이고 일상적인 삶을 영위하는 데에 중요한 조건은 주변의 동료들을 가능한 한 그대로 내버려두고 자기 자신에게 집중하는 것이다. 만약 주변의 동료들이 거짓이라고 알고 있는 원칙들을 나에게 강요하려 한다면, 그래서 그 때문에 불편하다면, 가장 안전한 최선의 방어책은 '입을 꾹 다물고 있는 것'뿐이다. 만일 자신만이 가진 특유한 자부심 때문에 입을 열어야만 하겠다면 마치 처음 만나는 사람에게 보이는 예의와 정중함을 갖추고 매우 조심스럽게 말해야 한다.

대다수의 사람들이 생각하고 있는 것처럼 친하다는 이유로 거친 태도가 용서될 수는 없다. 당신은 자신을 둘러싸고 있는 모든 환경을 책임지고 있는 것이 아니라 바로 당신 자신을 책임지고 있는 것이다. 자신의 여가 시간에 주변 사람들을 관리하겠다고 꿈꾸어서는 안 된다. 만약 모든 것을 관리하겠다는 태도로 무언가를 시도하게 된다면, 자신에 대해서는 아무런 관리도 못하는 당신이 무턱대고 건드리는 그 부분은 엉망진창이 되고 말 것이다.

일반적으로 대부분의 직장에는 다른 사람의 일에 참견하

기 좋아하고 그로 인해 자신의 일을 무척이나 불편하게 만드는 사람들이 있다. 그러나 이런 사람이 내 주변에 함께 있다고 해도 절대로 타박하면 안 된다. 오히려 그런 환경을 바꾸려고 소란스러운 시도를 하려고 하기보다, 그것을 조용히 받아들이고 자신을 조용히 상황에 적응시켜야 한다. 그것이야말로 진정한 지혜다.

자신이 조금 불편하다고 해서 자기 영역을 벗어나 남의 일에 끼어들 필요가 없다. 그렇게 참견함으로써 나 스스로도 무례를 범하게 되는 것이다. 그렇게 하려는 의도가 없다 해도 분명 그렇게 되고 만다.

가정 생활이든 회사 생활이든 주의해야 할 행동 중 하나가 다른 가족이나 동료의 사적인 공간까지 마구 침범하는 것이다. 이것은 아주 가까운 부모와 자식 간이라도 조심하고 주의해야 할 행동이다. 어떤 인간이든 한 개체로서 자신의 사적인 공간과 개성을 누릴 권리가 있기 때문이다.

나와 그들은 진화의 과정 중에 있다

자신뿐만 아니라 모든 개인들은 우주와 자연의 환경 중 일부분이다. 이들은 모두 점진적으로 옳은 방향으로 진화할 것이며, 모두 진화의 한 과정 중에 있다. 따라서 그들은 필연적인 인연으로 대해야 한다.

그러나 이 말은 그들이 필수불가결한 존재들이라는 것이지 그들이 바뀔 수 없다는 뜻은 아니다. 다만 그들의 변화가 당신의 우선적인 임무는 아니라는 것이다. 그건 그들의 일이다. 나의 임무는 그들을 있는 그대로 잘 활용하는 것이지, 자기 정당성을 기준으로 한 비난과 불평으로, 자기가 원하는 대로 만들려고 해서는 안 된다. 누군가가 자신의 대리인처럼 마구 행동해서는 안 되는 것처럼, 나 자신도 그들의 자유의지를 빼앗으려 해서는 안 되는 것이다. 그들을 자신의 주변 환경으로서 꼭 있어야 할 요소로 받아들여야 한다. 왜냐하면 그들은 나에게 꼭 필요한 요소이기 때문이다.

자유의지로 자신을 해방시켜라

여기서 우리는 '과연 우리에게 자유의지가 있는 것일까? 아니면 신의 뜻에 따른 결정론 속에서 움직이는 꼭두각시일 뿐인가?'라는 역사적인 질문에 맞닥뜨리게 된다.

이런 질문은 매력적이면서 동시에 무의미하다. 이 질문의 답은 절대, 앞으로도 영원히 풀리지 않을 것이기 때문이다. 결정 이론은 논쟁을 통해 뒤엎을 수 있는 것이 아니다. 그 이론의 가장 확고한 지지자를 포함해 모든 사람의 가슴 속에서 매일매일 매 시간마다 무너뜨려 나가야 겨우 허물어질 수 있다. 그와 반대로 자유의지라는 이론은 추론에 의해 무너뜨릴 수 있다. 따라서 추론은 훨씬 불리한 위치에 있다.

만약 우리 스스로를 자유로운 대리인으로 그리고 우리들 주변의 사람들을 결정론에 의해 형성된 환경으로 바라본다면, 가장 훌륭한 결론을 얻어낼 수 있는 실용적인 합의에 도달하게 될 것이다.

수세기에 걸친 철학적 경험이 어떤 것을 증명해낸 적이 있다면 이 문제 또한 증명해낼 것이다. 그리고 사람들이 공통적으로 이러한 것에 근거해 살아간다면 우리들이 일상생활이라고 부르는, 진부한 대립과 충돌로 이루어진 어려운 과제도 그 가치를 확실하게 인식하게 될 것이다.

운명주의를 버려라

우리가 잘못 알고 있는 것

지금까지 내가 한 이야기들에 대한 당신의 생각은 아마도 이렇게 간단히 정리될 수 있을 것이다.

"모두 좋은 이야기다. 하지만 설득력은 전혀 없다. 지금 하고 있는 이야기는 그저 동화처럼 이상적인 이야기에 지나지 않는다. 그런 방법으로 뭔가가 명쾌하게 해결된다는 것은 너무나 허황된 생각이다."

나는 그렇게 말하는 사람의 마음을 충분히 이해하지만 그런 생각을 바꾸라고 요구할 수밖에 없다. 그렇지 않고 내가 당신의 생각에 동조하는 듯한 태도를 취한다면 이 책의 이야기들을 그저 허황된 낭설로 취급해버리고 말 것이기 때문이다. 따라서 이 이야기에 신뢰와 확신을 갖게 하기 위해 당신이 가진 생각에 대해 좀 더 깊이 이야기해볼 필요가 있다.

내 말에 대한 비난은 주로 이런 것이다.

"인간의 본성은 변하지 않는다. 나는 내 결점을 알고 있다. 하지만 나에게 그것을 지적하는 것은 소용없는 짓이다. 나는 그것을 바꿀 수가 없다. 나는 그렇게 태어났으니까."

이러한 주장의 결정적인 문제점은 그것이 완벽한 허위에 근거하고 있다는 것이다. 인간의 본성은 당연히 변한다. 본성이 변하지 않는다는 생각보다 더 비과학적이며 낡은 생각도 없다. 다른 모든 것처럼 인간의 본성도 변한다. 단지 그것이 변하는 것을 보지 못할 뿐이다. 모든 것은 변한다! 다만 아주 일찍 일어나지 않았기 때문에 풀이 자라는 것을 보지 못할 뿐이다.

운명주의를 버려라

생각해보라. 인간의 본성이 사회 전체를 피로 흠뻑 적시던 바빌로니아 문명 시대와 동일하단 말인가? 이성간의 낭만적인 사랑이라는 것이 없었던 그리스 문명시대와 동일하단 말인가? 연속되는 전쟁이라는 형태로만 끊임없이 발생하는 불화의 문제를 해결하던 지난 세기와 같단 말인가?

노예제도가 존재하고 신분에 의한 인간 억압이 당연한 것으로 받아들여지던 시대와 같단 말인가?

만약 우리가 아직도 인간의 본성이 여전히 똑같다고 생각한다면 우리는 더 이상 자신의 발전이나 계발을 위해 아무것도 할 필요가 없다. 그러나 만약 본성이 변했다는 것을 받아들인다면 이렇게 물어야 한다. 당신과 나 같은 개개인들이 수백, 수천 번의 시행착오에도 불구하고 지속적으로 노력하지 않았다면 그 변화가 어떻게 이루어졌겠는가.

나는 인간의 본성이 과거부터 줄곧 바뀌어왔다는 사실을 명확히 밝혀두고 싶다. 그리고 오늘날 본능을 이끄는 데 있어 과거보다 이성이 더 강력한 힘을 발휘하고 있다는 것, 그리고 기계들의 불협화음은 과거에 그랬던 것보다 적어졌다는 것도 강조하고 싶다.

"나는 이런 식으로 태어났고 나 자신을 변화시킬 수는 없으니 그따위 말은 할 필요도 없다."

만약 우리가 진심으로 그렇게 믿는다면 살아가면서 이런저런 노력들은 왜 하는 것일까? 왜 모든 일들을 자신의 본능에 따라 제멋대로 움직이도록 내버려두지 않는 것일까? 우리가 전혀 변화할 수 없다면 자신이 어떤 태도를 가질 수 있도록 노력하는 것이 무슨 소용이 있을까?

자신이 변화할 수 없다고 주장한다면, 스스로 운명주의자라고 주장하는 것이다. 자신이 운명주의자라고 주장한다면 모든 도덕적인 책임에서 자신은 물론 타인들도 자유롭게 놓아주어야 한다. 그리고 만약 그것이 확신이라면 자신의 그 확신에 따라 행동해야 한다.

만약 자신이 스스로를 변화시킬 수 없다면 나 또한 나 자신을 변화시킬 수 없으니, 내가 당신을 따라가 당신의 머리를 후려치고 이유 없는 폭력을 가한다 해도 나를 비난할 수는 없다. 당신은 그저 정신을 차리고 다정하게 내 손을 부여잡고 이렇게 중얼거려야 한다.

"나의 친구여, 사과하진 마시오. 우리들은 스스로를 변화시킬 수 없으니 말이오."

우주도 변하고 우리도 변한다

우리는 이러한 상황은 억지라고 말할 것이다. 그렇다. 과장되고 억지스러운 면이 있다. 하지만 여기서 말하고자 하는 진실은, 자신이 진심으로 스스로를 변화시킬 수 없다는 말을 믿지 않는다는 것이다.

변화를 만드는 데 자신에게 문제가 되는 것은 나에게도

문제가 된다. 즉, 단순한 게으름이 누구나 갖고 있는 문제인 것이다. 아침에 일찍 일어나는 것을 끔찍하게 싫어하고, 그것을 도저히 고칠 수 없는 타고난 습관이라고 말할 것이다. 이러한 운명론은 자신의 책임을 회피하려는 자의 마지막 피신처이다.

당신은 아무도 속이지 않았다. 특히 자신을 속이지 않았다. 다만 당신의 생각은 논리적 근거가 없는 것이다.

이제 당신은 이렇게 말을 바꿀 것이다.

"일단 노력은 해보겠어요. 하지만 나는 아주 조금 바뀔 수 있을 거예요. 나는 태생적으로 게으른 사람이거든요. 타고난 건 어쩔 수 없는 거 아니겠어요?"

변화하는 우주 속에서 자신만이 유일하게 변화하지 않는 존재라면 나는 더 이상 말하지 않을 것이다. 아주 작은 부분이더라도 '스스로 자신을 바꿀 수 있다고 인정한다는 것'이 우리에겐 무척 중요한 일이다.

이제 우리들 사이에 놓여 있는 생각의 차이는 오직 정도의 차이일 뿐이다.

결정적인 순간을 잡아라

인간을 완벽하게 만들기 위한 어떤 체계의 적용에 있어
서로 다른 방식을 선택한 두 사람이 동등하게 성공을 거두
는 경우는 없다. 당신의 비난 속에 들어있는 낙심한 듯한
목소리는, 내가 마치 고철을 금으로 만드는 기술이 있다고
주장하는 것처럼 착각하고 있다는 걸 보여주는 것이다. 그
것은 전혀 내가 의도한 것이 아니다.

나는 기적에 대해서는 아무런 믿음도 없다. 하지만 아주
어려운 어떤 일이 완벽하게 잘 이루어졌을 때, 거의 기적이
일어난 것과 같은 느낌을 갖게 된다는 것은 잘 알고 있다.
그러나 나의 유일한 목적은 다른 사람의 능력이 아니라, 모
든 사람들이 자신이 지닌 최대한의 능력을 발휘할 수 있도
록 자신의 휴먼 머신을 완벽하게 만들어야 한다는 것이다.

나는 누구나 자신이 지니고 있는 최대한의 능력 이상의
능력을 발휘할 수 있다는 헛된 희망을 고집하고 있는 것이
아니다. 그럼에도 불구하고 나는 모든 사람들이 너무나 자
주 그리고 필요 이상으로 최고의 자아를 만드는 데 실패하
고 있다고 생각한다. 그 이유는 의지력이 약하기 때문이 아
니라 아주 평범한 '상식'이라는 원칙에 근거해 살고 있지 않

기 때문이다.

상식이 있는 사람이라면 당연히 다음과 같은 질문을 할 수 있어야 한다.

"과거의 내 행동들은 왜 내가 지니고 있는 이성과 다르게 나타났던 것일까?"

이 질문에 대한 대답은 거의 같다.

"가장 결정적인 순간에 잊어버렸기 때문이다."

자기 변화에 쏟아 부은 엄청난 노력의 결과가 실패로 드러나는 것에 대한, 그리고 언제나 결정론의 그늘 속으로 허겁지겁 찾아들어가는 것에 대한 가장 명쾌한 대답은 너무나 단순하게도 '망각'인 것이다.

우리 능력이 부족한 것이 아니라, 가장 필요한 순간에 우리의 이성이 정확히 행동하거나 생각하도록 기억하는 기술이 부족한 것이다. 그러면 이러한 기술은 어떻게 얻을 수 있는가. 그것은 게임의 기술을 습득하는 것처럼 오직 연습에 의해서만 얻을 수 있다. 게임에 필요한 기관을 훈련하여 그 기관이 관성적으로 잘못 움직이는 대신 본능적으로 정확하게 행동하도록 만드는 것이다.

이러한 훈련과정에는 다양한 성취 단계가 있겠지만, 완전한 실패는 없을 것이다.

불화를 줄이는 습관

불화를 증폭시키는 습관은 불화를 줄이는 습관들로 대치시켜야 한다. 발전을 억압하는 습관들은 발전을 북돋우는 습관들로 대치시켜야 한다. 무의식적인 습관이 자연스럽게 몸에 배는 것처럼, 의식적인 습관도 몸에 배게 할 수 있다. 무의식적인 과정을 모방하여 우리들의 뇌를 새로운 생각에 익숙하도록 만들 수 있기 때문이다.

그 한 가지 예로 일상에서의 불화, 그 중에서도 목소리에 대해 다시 이야기해보자. 어떤 사람이 습관적으로 불화를 일으키는 목소리를 낸다. 그 목소리는 그 사람이 지니고 있는 본성적인 것이다. 하지만 그가 이야기를 시작하기 전에 10분간만이라도 자신의 목소리에 대해 생각해보거나, 10분 동안 그저 듣고만 있더라도, 불화를 일으키는 목소리는 급격하게 줄어들게 될 것이다. 그의 이성이 자신의 본능을 제어하기 때문이다. 그가 불화를 일으키는 목소리를 고수해온 건 그의 본능이 아무런 의식도 없이, 갑작스럽게 이성을 제압했기 때문에 일어났던 현상이다.

일정한 기간 동안 말을 할 때 목소리를 가다듬는 데에 뇌를 집중하게 되면 부드러운 목소리를 내는 새로운 습관이 그의 뇌 속에 자리 잡게 될 것이다. 그렇게 훈련되고 교정된 행동이 본능보다 먼저 나타나도록 뇌를 훈련하게 되면 나설 기회를 잃은 본능은 곧 제압되어 사라질 것이다. 그리고 궁극적으로 새롭고 발전적인 본능이 낡고 퇴행적인 본능 대신 자리 잡게 될 것이다.

　이러한 방법은 모든 습관에 적용된다. 누구든지 그 어떤 습관에 대해서도 이 방법의 효율성을 실험해볼 수 있다. 그 사람의 의지력이 강하건 약하건 상관없이 이것을 실험해볼 수 있다. 실험을 해본 사람은 단순히 '아무런 생각의 변화 없이 좋은 결과를 만들어내기 위해 무작정 노력하는 것과, 주어진 시간 동안 좋은 결과만을 집중적으로 생각하는 것'과의 엄청난 차이를 즉시 알 수 있을 것이다.

오늘 이 순간이 가장 중요하다

가능성에 대한 믿음

지금까지 설명한 대로 일정한 기간 동안 정신적인 훈련을 통해 새로운 습관을 들이고 옛 습관을 버리고 나면, 그 사람은 놀랍고도 신비스러울 정도로 탁월한 지식과 능력을 갖추게 된다. 또한 그는 일상생활에서의 한 가지 요소가 자신의 뇌를 제어하는 데 얼마나 중요한가도 알게 될 것이다.

그는 자신의 옷깃과 모자 사이에 있는, 머리라고 부르는 기묘한 상자가 일으키는 기적들에 대해 분명 깜짝 놀라고 말 것이다. 단순히 지속적인 생각만으로 성취해낼 수 있는 효과들이 훈련을 통해 나타날 것이기 때문이다. 만약 자신의 어리숙하고 게으른 뇌가 중요한 순간에 본능들을 제어하지 못해 우울한 하루를 보내게 되었다면 그는 자신의 뇌에게 이렇게 다짐해야 한다.

'다음에 비슷한 상황에 부딪치면 효과적으로 행동하기

위해 너를 특정한 생각에만 집중할 수 있도록 만들고야 말
겠다.'

그리고 자신의 의도대로 실행에 옮기고 난 후 다시 어색
한 상황이 벌어지게 되면 그의 훈련된 뇌는 제 역할을 해
낼 것이고 불행한 상황을 막아낼 것이다. 그렇게 되면 그는
자신의 뇌를 새로운 눈으로 바라보게 될 것이다.

그는 이렇게 외칠 것이다.

"그러면 그렇지! 어찌 됐든 나는 불행의 씨앗을 막아냈
어. 오늘 같은 사소한 집안 문제만으로도 나 자신을 바보
로 만들어버렸던 때도 있었지. 하지만 오늘은 무난하게 극
복했어. 불만에 가득 차서 위태롭던 분위기가 없어졌잖아.
나의 뇌가 적절한 판단으로 내 본능을 잘 감시했기 때문이
야. 앞으로도 계속 이렇게 해야지."

그는 자신의 뇌를 더욱 더 진지하게 관찰할 것이고 그럴
수록 더욱 더 자기 뇌의 가능성을 발견하게 될 것이다. 그
리고 그로 인해 자신의 인생에 대한 새롭고도 멋진 계획을
세울 수 있을 것이다.

바로 지금, 오늘 당장

정원은 참으로 재미있는 장소다. 정원을 가꾸는 일은 당면한 현실 문제들을 뇌의 계발과 비교하는 것만큼이나 지루한 일이다. 하지만 습기 찬 날씨가 땅을 파고 나무를 심고 가지 치는 일을 방해하지는 않는다.

자신의 뇌를 관리하는 것이 취미인 사람은 일정한 기간이 지나면 그 일이 서서히 하루의 일과로서 자리 잡을 것이며 그 일과로부터 하루를 시작하게 될 것이다. 평범한 사람들(뇌 관리를 취미로 삼고 있지 않는 사람들)의 마음 한구석에 자리 잡고 있는 생각은 대부분 다음과 같을 것이다.

'지금 내게는 나를 괴롭히고 있는 걱정거리들과 충족되지 않은 욕망과 이루어지지 않은 소원들이 있어. 이러한 것들이 말끔하게 해결되기만 하면 난 제대로 살면서 인생을 즐길 수 있을 거야.'

이러한 것이 보통사람들의 평상적인 생각이다. 어린 시절부터 나이 들어서까지 그렇게 살아왔다. 그는 줄곧 진정한 삶을 살기 전에 어떤 일이 일어나기만을 기다리고 있다. 만약 당신이 그러한 보통사람이라면 당신은 다음과 같은 사람이라는 것을 인정해야 한다. 즉, 어느 날엔가 순조롭게

196

진정한 삶을 시작할 수 있게 해줄 일들이 생길 거라는 생각이 공허한 희망으로만 존재하는 사람.

그것이 바로 당신과 뇌 관리가 취미인 사람을 구분해주는 차이점이다. 그의 일상생활은 다음과 같은 명상으로 이루어져 있다.

'자 이제 하루가 시작된다. 오늘 내게 주어진 상황들이 바로 나의 환경이다. 그것들은 나의 뇌에서 비롯된 것들이다. 나는 멋지게 살아 행복해야 하고 다른 사람들의 불행을 야기시키지 말아야 한다. 주어진 상황들을 활용하는 것은 내 뇌의 주된 역할이다. 나의 뇌는 오직 그 목적만을 위해 있는 것이다. 내일로 미루지 말자! 내년으로 미루지 말자! 행운이 찾아오기를 기다리지 말자! 병든 내 아이가 위험을 벗어날 때까지 기다리지 말자! 내 아내가 제정신을 차릴 때까지 기다리지 말자! 월급이 오를 때까지 미루지 말자! 시험에 붙을 때까지 미루지 말자! 소화불량이 나아질 때까지 미루지 말자. 지난날 내가 고통스럽고 성가신 장애물이라고 생각했던 일들을 이제는 내 뇌에게 주어진 아름다운 내 인생을 만들어내는 원료라고 생각하자. 바로 지금! 바로 오늘 그렇게 하자.'

그렇게 하면 그날 하루를 낱낱이 들여다볼 수 있게 될

것이다. 경험에 의해 어느 곳에서 어려움이 닥칠지 알게 될 것이며, 자신의 뇌를 잘 조절하여 어느 곳에 경험에 의한 지식이 가장 필요할지를 알게 될 것이다. 휴먼 머신을 세심하게 잘 관리하여 어느 길에서 건너야만 하는 것인지 정확하게 대비하게 될 것이다. 특히 사물을 잘못 바라보려고 하는 자신의 시야를 재조정하게 될 것이다.

바라보는 관점을 조정하라

우리의 시야는 가만 내버려두면 어느 것에서든 줄곧 걱정거리를 보게 된다. 예를 들어, 자신의 뒷머리가 묵직하게 느껴진다는 것을 인식하게 되면, 그것이 과로 때문에 피곤해서 그런 것인지 아니면 질병이나 나이 때문에 오는 것인지 궁금해하고 염려하게 된다. 그리고 의사를 찾아가야 할지 아니면 좀더 두고 봐야 할지를 결정하느라 시간을 보내고, 결정을 하고도 막상 시행하는 것을 망설이게 되고, 그렇게 망설이는 동안 염려는 점점 깊어가기만 한다.

그런데 바로 이런 때에 그의 뇌가 잘 훈련되어 있다면 이렇게 명쾌하게 이야기할 것이다.

'이처럼 하찮고 사소한 어떤 문제가 사고 훈련을 방해하고 평온한 생활을 망가뜨리다니. 겨우 이런 것들이 생각을 혼란스럽게 하고 내 마음을 어지럽힌단 말인가? 일상적인 일에 집중하는 대신 불안하게 우왕좌왕해야 할 만큼 가치 있는 일이란 말인가?'

이것은 어떤 일을 바라보는 관점을 조절할 필요가 있다는 것을 설명하고, 적절한 집중에 익숙해져 있는 뇌를 이용해 예기치 못한 우연한 사태에 정확하게 대처하도록 해야 한다는 것을 보여주기 위해 든 예이다.

뇌는 훈련을 통해 예측 가능한 어려움을 확실하게 다루게 될 것이며, 자연스럽게 그 다음에 '다가올 일'을 알 수 있게 할 것이다. 그리고 예상되는 일에 대해 준비하는 것은 또한 예상치 못한 일에 대한 준비도 되는 것이다.

자신의 하루를 앞으로 16시간 이내에 나타날지도 모르는 위험들에 대한 지속적인 성찰로 시작하고, 그러한 위험들에 대한 방비를 갖추고 시작하는 사람은 자신이 전혀 예측하지도 못했던 위험들까지도 대비하게 되는 것이다.

하지만 그러한 일과는 매우 탄력적이어야 한다. 며칠간은 지속적으로 해결해야 할 여러 가지 문제를 무시한 채 오직 특정한 한 가지 문제에만 집중하는 것을 훈련하는 것으로 하루를 시작하는 것도 필요하다.

당신이 정원에 나 있는 통로를 구석구석 정리하고 깔끔하게 정돈하던 어느 날 아침, 정원 한가운데 튼튼하고 제대로 자란 나무 한 그루가 화강암에 뿌리를 단단히 내리고 있는 것을 보게 되면 무척 놀랄 것이다. 그러나 세상의 정원에서는 그러한 것들이 자주 발견되고 있으며 뇌를 훈련하는 것도 이 나무가 바위에 뿌리를 내리는 것과 같다.

이기주의와 자기중심주의

이런 일이 비록 고된 노동을 요구하기는 하지만 뇌관리가 취미인 사람에게는 그다지 성가신 일이 아니다. 그것은 그 자체로서 그가 살아내야만 하는 삶의 일부분을 이루는 것이기 때문이다. 모든 일을 자신에게 가치 있는 행복으로 바꿀 수 있다면 그 사람은 자신의 실수마저도 그렇게 받아들일 수 있다. 그는 자신의 실수를 뇌에서 일어나는 하나의 현상으로 바라보고, 그것이 반복되는 것을 막는 방법을 찾을 것이다. 성공을 하든 방해를 받든 그에게 일어나는 모든 일은 오로지 우리의 뇌에 담겨질 관심사를 더 풍부하게 만드는 데 쓰일 것이다.

혹시 이렇게 말하지도 모르겠다.

"그렇다면 그는 훌륭한 이기주의자가 될 거요."

그렇다. 그는 건전한 이기주의자가 될 것이다.

평균적인 사람이라면 반쯤은 이기주의자들이다. 만약 이기주의가 오로지 자기 자신에게만 관심을 갖는 것이라면 이기주의는 분명히 효율적인 삶의 필수 조건이다. 하지만 이기주의가 자기중심주의를 뜻하는 것이라면, 진지하게 매일매일의 삶을 연구하는 사람은 이기주의자로 1년 이상을 살지는 않을 것이다. 1년만 지나면 그는 자기중심주의의 어리석음을 알아차리게 될 것이기 때문이다.

성공이 성공을 부른다

방법이 쉬우면 포기도 쉽다

지금까지의 이야기들은 의욕에 가득 찬 열정적인 사람들에게는 너무 쉽다는 인상을 줄 것이다. 그리고 그러한 사람들은 어떤 어려운 문제에 맞닥뜨리고 나서 '매우 쉽다'는 생각이 틀렸다는 것을 알게 되면 몹시 불쾌한 기분으로 모든 시도를 포기하게 될 것이다. 그리고 휴먼 머신을 조절하는 데 필요한 모든 이론들에 대해 냉소적이며 적대적인 태도를 갖게 될 것이다.

이러한 시도는 단순하고 쉽게 이루어지는 것이 아니다. 그것은 단순한 원칙에 근거를 두고 있다. 즉, 일정한 생각을 하는 습관을 통해 뇌를 의식적으로 훈련시킨다는 것이다. 하지만 다른 모든 단순한 진리들이 그렇듯이 이것도 말처럼 명쾌하게 할 수 있는 건 아니다. 시도한다고 해서 즉시 이루어지지 않기 때문이다.

이 단순한 원칙을 실천하기 위해 자신에게 이렇게 말하는 사람이 있을 것이다.

'나는 8시에 일어나서 8시 30분과 9시 사이에 내 뇌를 살펴보고 조절할 것이다. 그렇게 하면 내 인생은 단번에 눈에 띌 만큼 향상될 것이다.'

그러나 이런 사람은 십중팔구 뭔가를 시작도 하기 전에 예기치 않은 벽에 맞닥뜨리게 되고 곧 다시 뇌를 조절할 의욕을 잃게 될 것이다.

발전은 서서히 이루어진다. 처음에는 발전의 속도가 무척 빠르게 느껴질 것이다. 그리고 나서는 무척 더딘 지루한 시간이 끼어들 것이고 어느 정도까지는 지독할 정도의 패배를 맛보게도 될 것이다. 비관에 빠진 그는 자신의 모든 노력들이 아무런 성과도 없이 끝났다고 생각하게 될 것이고, 그럴듯한 정원에서 빈둥거리는 사람이나 현관에 앉아 수다를 떠는 사람들이 결국 옳았다고 생각하게 될 것이다.

더 나아가 그는 이런 시도에 뭔가 큰 기대를 가졌던 것을 마치 떠돌이 약사에게 가짜 약을 구매한 것처럼 부끄러워할 수도 있다. 최선을 다해 노력했지만 아무런 소득도 없었다는 좌절감은 스스로를 소중히 다루려 하는 초심자들을 모욕감에 빠져들게 하는 가장 강력한 위험이다.

하지만 그에 맞서 나 역시 강력히 주장하건대 그것은 사실에 근거한 확신이 아니며, 피로감을 느낀 후 적당히 게으름을 피우고 싶어하는 본능에 의해 형성된 표피적인 결과일 뿐이다.

그렇게 해서는 공정한 실험을 했다고 볼 수 없다. 하지만 그는 앞으로 더 쏟아 부어야 할 노력을 포기할 변명거리를 찾기 위해 지난 시간의 노력들이 아무런 성과가 없었다고 단정하려는 것이다.

성공의 역사는 퇴보하지 않는다

인간이라는 기계는 참으로 기묘한 것이다. 잘 관찰해보면 기계를 관리하는 사람이 자주 자신의 관점을 바꾼다는 것을 알 수 있다. 어제는 어려움의 핵심이라고 판단한 것이 오늘은 쓸데없는 것이 되어버리는 것이다.

어제의 문제가 전혀 새로운 측면으로 바뀌어 있는 것을 느낄 때, 어느 날 예상치 못한 이유로 그 동안 자신이 완전히 잘못해왔으며 모든 것을 다시 시작해야 한다는 것을 느낄 때, 그 동안 얼마나 많은 세월을 얼마나 바보처럼 얼마나 맹목적으로 노력해왔는가를 알게 됐을 때, 새로운 발견이 베일 속에 가려져 있고 자신을 둘러싼 여러 조건 때문에 그 베일을 걷어낼 수 있는 가능성이 적다고 느낄 때, 자기 자신의 시도가 너무나 잦은 실패를 반복했으며, 그로 인해 복잡한 과정을 거쳐야만 회복될 수 있다는 걸 느꼈을 때, 그는 계속 시도하면서도 좌절하게 되는 것이다.

그 어떤 예술(기계를 돌보는 것도 예술이다)에 있어서든 성공의 역사는 새로운 시작의 역사이며, 의심을 해소하고 재정립하는 역사이며, 정복되지 않은 영역까지 계속 확장하려는 의식의 역사이며, 이미 정복된 영역으로는 다시 들어가지 않으려는 역사인 것이다.

열정이 사라지는 것을 경계하라

뇌를 단련시키는 것만큼 다양하고 변화무쌍한 기쁨을 제공하는 훈련은 없지만, 그것의 궁극적인 성공을 위협하는 심각한 위험이 단순히 그것을 위한 열정의 고갈이라는 것은 놀라운 일이다. 자신이 지대한 관심을 기울이고 있는 일이거나, 그 결과가 자신에게 절대적이라고 생각되는 일이거나, 분명히 자신의 행복과 불행을 결정할 일이라면 갑작스럽게 싫증을 느끼고 중단하지는 않을 것이다. 그런데도 사람들은 그렇게 하고 있다.

그저 관심이 그다지 가지 않는다는 이유로 이처럼 중대하고 흥미로운 시도를 중도에 포기하는 경우를 많이 보았다. 나는 그 이유가 실제로 사용되어야 할 특별한 의지력이 적재적소에 사용되는 것이 아니라 거의 아무런 쓸모도 없는 것을 시도하는 데 소모되고 있거나, 외부로부터의 정기적인 자극이 없어서 처음에 가졌던 관심과 열정이 차츰 사그라지기 때문이라고 생각한다.

하지만 외부적인 자극이라고 해서 같은 관심을 가지고 뇌를 훈련시키고 있는 다른 사람과의 대화와 같은 것은 별로 유용하지 않다. 아직 훈련이 미숙한 사람에게는 얻을 것이 없고 훈련이 잘 되어 있는 사람과는 토론하기 어렵기 때문이다. 이러한 훈련은 토론으로 도움을 얻을 수 있는 것이 아니다. 그보다는 독서를 통해 자극과 힘을 얻는 것이 더 현명한 방법이다.

열정을 지속시키기 위해 책을 읽어라

매일매일의 짧은 독서가 중요하다. 휴먼 머신에 대해 관심을 가지고 진지한 글을 써온 저자들은 많다. 그 중에서

206

도 마르쿠스 아우렐리우스와 에픽테투스는 뛰어난 인물이다. 마르쿠스 아우렐리우스는 그의 책 《자신을 위하여》에서 이렇게 썼다.

"인생을 완벽하게 만드는 것은 자신의 영혼 속에 살고 있는 힘이다."

꼭 이 두 사람의 글이 아니더라도 깊은 명상을 통해 자신의 생각과 행동을 통제할 수 있다는 믿음을 가지고 쓴 글들을 중점적으로 읽어보라.

글을 읽을 때에는 그저 책 한 권을 읽는 것에 의미를 두지 말고, 단어 하나하나의 의미를 되짚으며 그 문장이 완전히 이해될 때까지 천천히 읽어가는 것이 좋다. 이런 독서는 몇 권의 책을 읽었다는 것이 중요한 게 아니라, 그 책의 내용을 자신의 생각과 삶에 체화시키는 것이 중요하기 때문이다.

실체없는 미래보다 명확한 현실을 관리하라

주어진 환경을 최대한 이용하라

이제 인간이 자신의 환경에 적응하기 위해 고안해낸 발명품으로서의 휴먼 머신에 대해 이야기하려 한다. 이 글을 쓰는 목적은 휴먼 머신에 많이 의지할수록 환경의 지배력은 줄어든다는 것이며, 휴먼 머신의 핵심적인 업무는 알차고 충실한 인생을 만들기 위해 특정한 환경에서 자기 자신을 발견할 수 있도록 활약하는 것임을 밝히는 것이다.

하지만 그렇다고 해서 운명이 우리들을 무심히 내던져놓는 대로 모든 것을 받아들이라는 것은 아니다. 또 터무니없이 열악한 환경을 마냥 수동적으로 받아들여야 한다는 것을 의미하지도 않는다. 만약 우리의 뇌를 충분히 훈련시킨다면 우리는 어떤 환경에 처해 있더라도 놀랄 만큼 훌륭한 결과를 얻을 수 있게 될 것이다.

그러나 환경에 대해서는 어떤 한 가지 태도가 옳다고 할 수가 없다. 지금 자신이 처한 환경을 바탕으로 조금만 더 노력하면 보다 더 행복한 결과를 얻을 수 있는데도 어떻게 해서든 그 환경을 벗어나려고 과도하게 노력하는 것은 어리석은 행동이기 때문이다.

자신의 운명이 운하에 내던져져 살게 되어 있는 사람은 마치 양서류처럼 사는 것을 통해 오히려 풍족하고 특별한 인생을 살 수 있다. 그는 엄청난 어려움 속에서도 자신만의 철학을 통해 세상을 깜짝 놀라게 할 수 있을 것이다. 사람들은 그를 보기 위해 기꺼이 대가를 지불할 것이다. 하지만 만약 그가 물속에서 빠져나와 강둑에서만 살기로 결정한다면 그는 자기 인생을 절망의 구렁텅이로 빠뜨리는 것이다.

불만의 원인을 정확히 파악하라

앞서 서술한 것처럼 자신을 다루는 방법에 대한 연구가 주는 이점은 여러 가지다. 우선 자기 인생에서의 불만이 정비되지 않은 기계의 근본적인 구조 때문인지 아니면 그 기계가 속해 있는 환경이 부적합하기 때문인지를 분명하게 판단할 수 있도록 해준다.

그리고 자신과 환경 사이에 엄청난 불화가 있을 경우, 어느 쪽에 잘못이 있는지 깨달을 수 있도록 도와준다. 또한 자신에게 잘못이 있지 않은 경우, 새로운 환경을 선택하거나 일정한 합리적 원칙들에 근거해 기존의 환경을 변화시킬 수 있도록 도움을 준다.

대다수의 사람들은 자신들이 지금 이곳에 머무는 것이 왜 불만스러운지 그 이유를 정확하게 알지 못한다. 그들은 자신들의 가슴속에 감추어져 있다는 것을 모르는 채, 소중한 보물을 찾기 위해 길고도 지루한 여행을 하고 있다. 그들은 자신이 원하는 것을 모르고 있다. 그저 자신들이 무언가를 원하고 있다는 것만을 알고 있을 뿐이다.

만약 그들이 진정으로 자신들이 원하는 것이 무엇인지 알고자 한다면 거의 대부분 그 해답을 찾게 될 것이고, 그 때부터 새로운 시작을 하고 있다는 기쁨을 느낄 수 있을 것이다. 그것은 하루하루의 성찰을 통해 이루어진다.

일반적으로 사람들은 무언가를 차지하기 위해 미친 듯이 노력한다. 그런데 그것을 이미 차지하고 있는 사람들은 그것에 대해 끔찍할 정도로 실망하고 또 다른 어떤 것을 찾아 미친 듯이 헤맨다. 이렇게 무언가를 찾기 위한 노력은 계속되어 왔고 앞으로도 그럴 것이다.

이 모든 것이 바로 뇌가 나태하게 과거의 습관을 반복하고 있기 때문이다. 자신이 해결해야 할 당면한 문제를 적당히 처리하고 과거의 관성에 의해 맹목적으로 행동하기 때문에 나타나는 현상인 것이다.

문제의 본질을 파악하는 능력

뇌의 효율성이라는 측면에서 어떤 사람이 이성을 통해 자신의 본능에 명쾌한 명령을 내리고 있다면, 그는 이전에는 가능성 정도로만 보이던 사물을 보다 더 본질적으로 보게 될 것이다. 그리고 그런 시각을 통해 자신의 환경을 보완해주는 다양한 부분들에 대해 정확한 가치를 판단할 수 있을 것이다.

예를 들어, 도시에 살고 있으면서 도시의 문화와 연속적으로 불화를 느끼고 있는 사람이 있다면 그는 스스로에게 이렇게 말할 것이다.

'지금의 생활은 뭔가 잘못되어 있으며 그 문제점이 내 자신에게 있는 것이 아니다. 이 도시는 시끄럽고 번잡스러우며 물가가 너무 높고 집값도 너무 비싸다. 그런데 그 대가로 이 도시는 내게 무엇을 주고 있는가?'

아마도 그는 도시가 자신에게 주는 것이 결코 자기 것이 될 수 없는 화려한 눈요깃거리 외에는 아무것도 없다는 것을 파악하게 될 것이다. 그리고 머리나 신경이나 돈을 지방에 가서 쓰는 것이 낫겠다고 결정할 것이다. 결국 실제적으로 자신의 이성에 따라 자신의 분석을 확신하며 도시에서의 기만적인 생활을 그만둘 것이다.

이와 달리 자신의 시간을 휴먼 머신을 살피는 데 쏟지 않았던 사람들은 자신을 이러한 단계까지 끌어올리지 못할 것이다. 그것은 그렇게 하고자 하는 굳은 결심이 없어서이기도 하지만 자신의 불행이 어디에서 비롯되는가를 전혀 따져보지 않았기 때문이다.

자신을 완벽하게 제어할 수 없는 사람은 자신의 존재에 대해 만족할 수 없다. 그러한 사람은 남모르게 독을 마시게 되었지만 누구에 의해 어떤 독을 마시게 되었는지 알지 못하는 사람과 같다. 그러므로 그는 완전히 굶거나 지속적으로 독을 마시는 것 외에는 다른 현명한 방법을 가질 수 없다.

해결될 수 없는 불화의 해결

장소라는 환경이 그렇듯이 자신을 둘러싸고 있는 사람이

라는 환경도 마찬가지이다. 사람들 간의 불화는 대부분 피할 수 있는 것이다. 하지만 자신의 불편함이 나아질 수 있는 것인지 아닌지, 그리고 그것이 자신에 의해 생긴 것인지 남에 의한 것인지를 뇌를 활용해 자신의 생각을 통제할 수 없는 사람들은 전혀 판단할 수 없다.

가끔은 자신의 뇌가 갖추고 있는 그 어떤 기술로도 피할 수 없는 뿌리 깊은 원인에 의해 불화가 생겨나기도 한다. 자신의 뇌를 유용하게 활용하고 나태한 쾌락에 빠지지 않도록 잘 관리하는 사람은 이 문제를 처리할 수 있다.

뇌를 현명하게 활용하는데도 불화가 지속되는 것을 보았을 때는 서로 멀리 떨어지는 것이 유일한 해결책임을 알 수 있으므로, 합리적이고 자연스러운 분리를 위해 노력하게 될 것이다.

효율적인 뇌 활용의 주요한 이점 중의 하나는 바로 확고하고 확신에 찬 행동을 할 수 있다는 점이다. 그 이유는 뇌가 훈련을 통해 강해졌기 때문이기도 하지만, 보다 더 분명한 원인은 뇌의 작동이 단순한 본능의 방해로 인해 더 이상 혼란스러워하지 않게 되었기 때문이다.

미래를 위한 희생은 끝이 없다

세번째 환경으로는 자신이 세운 인생의 목표이다. 나는 이것이 사람들로 하여금 상황이라는 환경이나 사람이라는 환경보다 더 자주 그리고 더 깊이 절망에 빠지게 하고 잘못을 저지르게 하며, 헛된 노력을 하게 만드는 것이라고 생각한다. 나는 한 개인이 가진 야망의 70퍼센트는 전혀 이루어지지 않을 것이며, 이루어진 야망의 99퍼센트는 전혀 무익한 것이라고 확신한다. 다시 말해, 미래를 위한 현재의 엄청난 희생은 언제나 지속된다는 것이다. 바로 여기에서 뇌훈련의 효용성이 가장 뚜렷하게 드러난다.

매일 자신의 정신을 그 날에 필요한 적절한 행동에 집중하는 것을 최우선으로 실행하는 사람은 자신의 관심을 확고하게 현재에 맞출 수 있다. 그런 사람이 생의 마지막 10년간 맞이할 안락과 영광이라는 미심쩍은 미래의 준비를 위해 55년의 시간을 다 바쳐 인생을 비비 꼬이게 한다는 것은 불가능하다.

뇌를 자신의 애완견이 아닌 하인으로 부리는 사람은 일찍이 스스로에게 던졌던 질문에 등장하는 매일매일의 만족과 행복감을 느끼며 살 것이다.

어떤 야망을 품은 사람은 스스로에게 물어야 한다. '나의 시간들을 갉아먹고 있는 이러한 야망이 지금 내가 갖고 있지 못한 것을 미래에 줄 수 있을까?'

만약 그의 어떤 야망이 기계의 일상적인 경작지보다 더 높은 곳에 뿌리 내리고 자라나고 있다면, 그 야망을 품은 사람은 그것이 매우 위대하고 가치 있는 야망임을 확신하게 될 것이며 확실한 믿음을 가지고 그것을 추구하게 될 것이다. 그러나 그가 뇌 활용을 통해 현재에 대한 관심을 계속 추구하는 사람이라면 현재를 미래의 야망을 위해 갖다 바치는 제물로 만드는 어리석은 일은 하지 않을 것이다.

마치 내가 야망은 제거해야 할 것이라고 말하는 것처럼 느끼는 사람도 있을 것이다. 그러나 나는 야망을 품지 말라고 말하는 것이 아니다. 내가 말하고자 하는 것은 현재의 야망들은 보통의 경우 매우 실망스러운 결과를 낳으며, 그것은 일반적으로 한 인생의 실패나 뒤틀림을 의미한다는 것이다. 그렇게 되는 이유는 사람들이 추구하는 야망들이 그것의 진정한 가치에 대한 지식 없이 선택되거나 혹은 어떤 것을 왜 희생해야 하는지에 대한 판단 없이 선택하기 때문이다.

잘 훈련된 뇌는 이렇게 무분별한 야망의 무익함을 명확

하게 드러내줄 것이다. 또한 그 야망을 위해 자신의 현재를
매우 엄격하게 통제하고 강한 의무감으로 살겠다는 결심이
얼마나 많은 고통을 요구하는 것인지도 확실하게 알게 해
줄 것이다.

금전적 욕망으로부터의 자유

돈, 누구도 무시할 수 없는 권력의 이름

현재 돈에 대해 단순한 진리를 원하는 사람이라면 누구나 매우 심각한 현실적인 어려움에 부딪치게 된다. 그는 압도적으로 형성되어 있는 대중적인 의견의 정반대편에 자신의 자리를 잡아야 한다. 그리고 점잖은 체하는 인물이거나 괴짜 아웃사이더이거나 내숭을 떠는 사람으로 보이는 것을 감수해야 한다.

현대 대중들은 백만 년 전에도 그랬듯이, 오직 행복을 추구하고 있다. 물론 돈이 행복에 제일 중요한 요소는 아니다. 행복의 요소로서 돈이 몇 번째로 중요한지는 논쟁할 수 있지만 돈이 행복을 가져오는지 그렇지 않은지에 대해서는 논쟁할 수 없다.

돈이 곧 행복을 가져다주지 않는다는 것은 의심의 여지가 없다. 하지만 이렇게 논쟁의 여지가 없는 보편적인 진리가 무색하게 모든 사람들이 마치 돈이 행복을 위한 유일하고도 가장 주요한 전제조건인 것처럼 행동하고 있다. 대중들은 이성적으로 생각하지 않으며 이성에 귀 기울이려 하지 않는다. 대중들은 돈을 좇는 데 온 힘을 쏟고 있으며, 이것이 잘못되었다는 것을 알고 있는 현명한 스승들은 기껏해야 단춧구멍을 통해 대중들에게 말하고 있다.

만약 어떤 사람이 사랑하는 사람과 결혼하기 위해 자신이 가진 것을 모두 버렸다거나, 엄청난 고액의 연봉을 버리고 초야로 들어가 농사를 짓는다거나 하는 사람의 이야기는 놀라운 사건으로 분류되어 여러 매스컴에서 일제히 다루어줄 것이다. 보통의 사람들은 할 수 없는 일을 했다고 생각하기 때문이다.

돈에 대한 생각이 이처럼 절대적인 시대에 고집스럽게 돈은 이 세상에서 가장 가치 없는 것이라고 주장하는 것은 분명 위험한 일이다.

권력에 저항하는 사람들

자기 나라에 군사적인 긴장이 고조된 시기에 무조건 애국심을 발휘하라고 주장하지 않고, 몇 년 후에나 진실이라고 받아들여질 냉철한 의견을 내놓는다면 그 사람은 테러를 당하지 않으면 사회에서 매장되고 말 것이다. 그러므로 현명한 지식인들은 웬만해선 말을 하지 않게 된다. 혀가 잘릴 수 있기 때문이다. 마찬가지로 돈을 필요 이상으로 많이 소유하는 것이 곧 존경의 표상이 되어 있는 배금주의 시대의 정점에서 내가 개인적으로 품고 있는 다른 생각을 설파하거나 실행하라고 할 마음은 전혀 없다.

그러나 기억해야 할 것이 있다. 어떤 시대나 지금처럼 돈을 숭배했던 것은 아니다. 비록 현재의 우리들처럼 부와 겉치레에 열광하던 시대도 있었지만, 돈을 벌고 백만장자를 부러워하는 것이 사람들의 유일한 관심사가 아니었던 때도 있었다. 그러므로 돈이 인간의 최고의 관심사에서 밀려나는 시대가 우리들 후대에는 분명히 나타날 것이다.

중산층인 사람들 중의 일부가 사치스러운 생활을 반대하는 모임을 만들거나 검소한 생활을 위한 협동조합을 만드는 것은 그다지 놀라운 일이 아니다. 세계 곳곳에 흩어져 있는 이런 단체의 사람들은 거대하고, 어리석고, 진부하고, 추하기까지 한 사치스런 삶으로부터 멀찍이 떨어져 자신들만의 검소하고 소박한 방법으로 살아가고 있다. 그들은 먹고 마시고 입는 데에 일정한 액수 이상의 돈을 소비하지 않는다.

그러한 운동은 아주 개인적이고 짧은 만족을 위해 서슴없이 엄청난 돈을 쓰는 것을 경멸하는 사회적 의식을 형성하는 데 도움을 줄 것이다.

인간의 뇌는 돈으로 움직이지 않는다

휴먼 머신의 효율적인 정비에 있어 돈의 역할을 말하자면, 아무 역할도 없다고 말할 수 있다. 자신의 뇌 활동에 관심을 갖기 시작한 사람들에겐 행복하게도 돈이 거의 아무런 소용이 없다. 이 책을 읽고 있는 독자들 역시 완벽해지기 위해서는 아무런 비용도 발생하지 않는다. 매일매일의 명상과 뇌 훈련 습관과 자기절제와 즐거움의 연습과 무의미한 시간들을 이성으로 제어하는 데는 돈이 필요하지 않기 때문이다.

돈이 드는 부분이 있다면 책을 사는 데 쓰는 비용 정도가 있을 것이다. 그러나 그 비용은 우리가 다른 어떤 것을 위해 지출하는 비용보다 적은 것이다. 비싼 음악회 표를 사야 하거나 근사한 식당에서 진귀한 요리를 먹거나 비용과 시간을 들여 여행을 떠나지 않고도 우리는 다른 어떤 것에서도 얻을 수 없는 지식을 얻고 행복을 누리며 풍요로워질 수 있다.

책을 따라 떠나는 여행은(이 여행은 거리에 의해 평가받는 것이 아니라 그 질적인 면에 의해 평가받는다) 모든 행복 중에서도 가장 훌륭한 것이며 그 어떤 것보다 비용이 적게 든다. 필요한 것이라곤 선택할 때의 현명함뿐이다. 그리고 이 현명함은 무의미한 곳에 엄청난 돈을 쓰는 것에 비해 엄청난 이익과 기쁨을 준다.

우리는 일주일에 1달러도 더 사용하지 않고도 휴먼 머신을 활용할 수 있다. 우리의 뇌는 돈을 들여 유지해야 하는 자동차가 아니다. 기계의 세심한 관리를 통해 하루하루를 만족과 품위로 영위할 수 있는 기술을 갖추게 되면 우리의 인생은 아름답게 변화되는 것이다.

이전보다 많이 버는 당신. 행복한가?

이 글을 읽는 동안 내내 당신은 조급한 냉소를 띠며 이렇게 말할 것이다.

"모두 다 멋진 말이야. 말은 정말 훌륭하지. 하지만……."

한마디로 당신은 확신을 하지 못하고 있는 것이다. 당신은 보다 더 많은 돈이 보다 더 큰 행복을 보장한다는, 당신의 영혼 속에 깊이 뿌리 내린 도그마를 캐내버리지 못하는 것이다.

그렇다면 한 가지 질문을 해보자. 당신은 예전보다 지금이 금전적으로 더 나아졌을 것이다. 그래서 당신은 예전보다 더 행복한가? 예전보다 불만이 더 적어졌는가? 걱정과 근심에서 벗어나 기쁨을 누리는 시간이 더 많아졌는가. 만족감을 척도로 판단했을 때 예전보다 행복해진 것이 분명한가?

금전적인 문제에 대해서도 질문해보자. 돈이 행복을 가져다준다는 것이 진실이라면, 돈이 부족하게 되면 효율적인 생활이 어려워진다는 것도 진실이어야 한다.

그러나 이 두 가지 전제는 아주 피상적으로 받아들여지고 있는 것이며 실제로는 전혀 그렇지 않다. 적절한 정도의 수입이 있어야 만족과 품위를 유지할 수 있고 자아를 맘껏 실현할 수 있다면 당신은 그 범위 안에서만 살아야 한다.

물론 우리가 일상생활을 하면서 현실적으로 돈이라는 문제를 무시할 수 없다. 예를 들어 어떤 사람이 자식들에게 자기 자신을 계발하는 능력 외에는 아무것도 가르쳐주지 않고 유산도 한푼 남기지 않은 채 죽게 되었다면 그 사람은 무책임한 사람이다. 일반적으로 영위할 수 있는 평범한 생활을 누리지 못하게 만드는 근심거리의 90퍼센트, 아니 99퍼센트는 마치 절벽 끝을 걷는 것처럼 아슬아슬한 금전 상황 때문에 발생한다.

정도의 차이가 있을 뿐, 대부분의 사람들은 돈 문제로 인한 걱정거리가 있으며 어떤 사람들은 도무지 해결될 것 같지 않은 근심거리로 떠안고 있기도 하다. 그러나 이런 문제를 해결할 수 있는 조건은 습관을 바꾸는 것이다. 모든 소비는 습관의 문제이다.

모든 소비는 습관의 문제다

사람들이 속물적인 것에 대한 선망을 버린다면 지극히 최소한의 수입만으로도 충분히 아름다운 삶을 꾸려갈 수 있다. 그런데도 어리석은 소비 습관으로 인해 20달러로도 충분히 해결할 수 있는 일을 200달러로도 유지하기 어렵게 만드는 것이다.

대부분의 사람들에게 단 한 달간만이라도 수입이 끊어진다는 것은 극심한 불편을 의미하는 것이다. 그런 환경에서는 그 사람의 고귀한 영혼을 자유롭게 그리고 독립적으로 유지하기란 불가능하다. 따라서 휴먼 머신의 올바른 통제를 위한 첫번째 전제조건은 자신이 벌거나 받는 수입보다 적게 소비하는 습관을 갖는 것이다. 어떤 형태로든 고용이 되어 일을 하는 사람들은 당연히 실업에 대비해 1년간의 생활비를 비축하고 있어야만 한다. 그것은 1년 동안 살 수 있을 정도의 생활비를 모아두지 못한 사람이 진정한 삶의 기술에 몰두하는 것만큼이나 합리적인 일이다.

금전적인 불안감으로부터 상대적으로 자유로워지는 비결은 수입이 아닌 지출에 있다. 사실 이 말은 다시 강조하기가 부끄러울 정도로 케케묵은 상투적인 금언이다. 하지만 논쟁의 여지가 없는 지혜를 담고 있는 모든 금언들이 그렇듯이 이 말은 철저하게 무시당하고 있다.

물론 지출과 수입 사이에 여유를 갖는다는 것이 쉬운 일은 아니다. 하지만 그럼에도 불구하고 정해진 환경에서 수입을 늘리는 것보다 지출을 줄이는 것이 훨씬 더 쉽다.

어떤 것을 선택할 것인가는 다른 것과 마찬가지로 당신에게 달려 있다. 당신이 어떤 결정을 내리더라도 생활 철학의 기본은 여유라는 것을 명심해야 한다. 그리고 그 여유는 언제라도 가질 수 있다는 것도 잊지 말아야 한다.

이성의 힘이 인생을 바꾼다

'감성'이라는 이름의 포장지

뇌는 살아가는 과정에서 특별한 일을 함으로써 효과적으로 강하게 성장할 뿐 아니라 그 활동 범위를 더욱 확장해나갈 수 있다. 뇌는 분명 모든 일에 개입할 수 있다. 자기 자신을 연구하는 사람은 필연적으로 자기 뇌의 안목에 따라 자신의 존재에 맞는 행위를 하게 될 것이다. 그것은 자신을 위해서 뿐만이 아니라 세상을 위해서도 유익하고 바람직한 일이 될 것이다. 전 인류가 모든 것을 이성적으로 판단하는 것은 문제가 있다고 생각할 수 있다. 인간에게는 뇌를 지배하는 이성 외에도 가슴속에 열정과 감정이 있기 때문이다.

그렇다면 당신은 이성적인 존재를 모든 일에 규범적이고 무감각한 존재로 생각하고 있는 것이다. 이는 잘못된 생각이다. 이성과 감성이 갈등을 일으킬 때는 언제나 감성에 잘못이 있다. 이성이 언제나 완벽하게 옳다는 말이 아니라 이성이 언제나 감성보다는 오류를 덜 범한다는 것이다. 이성의 제국이 보편적이지는 않다. 감성이 뇌를 반대하는 경우, 거의 대부분 그 감성이란 단순히 우리들의 게으름과 자기중심주의를 아름답게 포장해 부르는 것이다.

이성이 감성보다 친절하다

시내를 지나가면서 길가에서 물건을 팔고 있는 우아하고 젊은 여성과 마주쳤다고 해보자. 품에는 아기를 안고 앞에는 조그만 좌판을 놓은 채 액세서리를 팔고 있다. 상장을 달고 있는 것을 보고 그녀가 미망인임을, 옷차림을 통해 하층민으로 살지는 않았다는 것을 알 수 있다. 그녀가 좌판을 벌이고 서 있는 모습이 가슴을 아프게 한다. 마음이 흔들린 우리는 그 여인을 위해 그다지 필요도 없는 액세서리를 사게 된다. 그렇게 함으로써 안타까운 마음이 조금은 누그러진다.

우리의 감성이 훌륭한 행위를 한 것이다. 하지만 잠시 후 불행히도 잠들어 있던 이성이 깨어나 말한다.

"과연 그 여인을 도우려고 필요도 없는 물건을 사주는

226

것이 잘하는 일일까. 그것으로 인해 그 여인은 잘 살게 되기나 할까. 어쩌면 더 나은 일을 찾을 수도 있는데 자신의 외모와 처지를 이용해 적당히 살아가게 만들 수도 있다. 이런 식으로 누군가를 동정하느라고 돈을 쓰는 게 과연 내 자신에게 도움이 되는 행동일까."

뇌가 제대로 작동한다면 이렇게 길거리에서 동정심으로 선심을 쓰는 것보다는, 믿을 만한 구호기관을 찾아 정기적으로 후원을 하는 것이 훨씬 더 현명한 자선활동이라는 것을 깨닫게 될 것이다.

이러한 두 가지 방법 중에서 어떤 것이 무감각한 행위라 비난받아야 할까? 어떤 방법이 깊이 생각하고 진심으로 이루어진 일일까?

뇌는 언제나 가슴보다 더 친절하다. 뇌는 오히려 가슴이 원하는 것보다 아주 작은 보상에도 엄청난 어려움을 기꺼이 질 수 있다. 뇌는 언제나 어렵고 이타적인 일을 한다. 가슴은 언제나 쉽고 남에게 보여줄 수 있는 일을 한다. 그러므로 사회적으로도 뇌의 활동이 이루어낸 결과가 가슴이 이루어낸 결과보다 훨씬 유익하다.

무책임한 열정

나는 지금까지 만약 이성이 감정을 제어할 수 있다면 누가 어떤 일을 했다 해도 그를 비난하지는 못하게 된다는 것을 보여주려고 노력했다. 남을 비난하는 습관은 기필코 버려야만 한다. 이 말에 대해 무정부주의자거나 사회 질서를 부정하는 자라고 말하는 것은 전혀 근거 없는 것이다. 세상의 모든 위대한 진리들은 그것을 받아들이게 되면 기존의 가치 체계가 무너진다는 것을 이유로 공격을 받았다. "남을 비난하지 말라"는 이 말도 마찬가지다.

하지만 그토록 많은 사람들이 이 진실에 반대하는 것은 그들이 이 사회의 체계가 붕괴될 수도 있다고 생각하기 때문이 아니라, '남을 비난할 수 없다면 칭찬할 수도 없기 때문'이라고 말할 것이다. 마치 비난보다는 칭찬을 훨씬 많이 하고 사는 사람들처럼 말이다.

일반적으로 사람들이 칭찬보다는 비난을 더 많이 한다는 건 의심의 여지가 없다. 인간의 본능은 언제든 비난할 준비가 되어 있는 것이다.

만약 어떤 일이나 사람에게 만족한다면 아무 말도 하지 않겠지만, 만족하지 않는다면 자신이 동원할 수 있는 논리와 비논리를 모두 동원해 비난의 화살을 퍼부을 것이다.

또 사람들의 변명처럼 비난을 막는 일이 칭찬을 막는 일이 되지는 않는다. 칭찬을 하는 마음과 비난을 하는 마음은 같은 데서 생성되는 것이 아니기 때문이다.

여러 핑계를 대면서 피하려 하지 않고 부단히 뇌를 지배하고 이성적인 능력을 키워나가는 훈련을 하면 우리 생활에서 잘못된 선택이나 행위들은 현저하게 줄어들 것이다. 발자크(Balzac 1799~1850 : 프랑스의 작가)는 《사촌 베트》에서 이렇게 말한다.

"범죄가 일어나는 가장 첫번째 이유는 합리적으로 생각하는 힘이 결여돼 있기 때문이다."

이것을 발자크보다 조금 더 일찍 이해하고 있던 마르쿠스 아우렐리우스는 말했다.

"의도적으로 진실을 이해하지 못하는 영혼이란 없다."

모든 잘못된 행동은 그것이 최선의 행동이라는 믿음에 의해 일어난다. 사람이 저지른 죄악은 모두 다 자신이나 사회의 이익을 위해 저지른 것이다. 그 일을 저지르는 순간에 그는 그것이 자신이 할 수 있는 유일한 행동이라고 확신하고 있었던 것이다. 그러나 그것은 실수였고, 그 실수는 그의 뇌가 그 일의 결과가 어떻게 될 것인지를 제대로 판단하지 않았기 때문에 일어난 것이다. 열정(가슴)은 모든 범죄에 대해 책임이 있다.

사실 범죄란 뇌와 가슴이 갈등을 일으켜 뇌가 지게 되었을 때 내지르는 외마디 비명인 것이다.

의지와 인내가 마침내 모든 것을 얻는다

뇌는 궁극적으로 인생과 행위의 모든 현상을 근본적으로 점검하는 습관을 갖게 되어 자신들의 본모습이 무엇인지 그리고 어떻게 살아야 할지를 알게 하는 역할을 해야 한다. 가슴은 진보를 가로막는다. 그 구태의연한 녀석은 언제나 해왔던 대로 앞으로도 계속 할 수 있기를 바란다. 가슴은 관습이 미덕이라고 굳건히 믿고 있기 때문이다.

늦잠을 즐기는 사람에게 한 시간만 일찍 일어나라고 요구하면 강력하게 반발한다. 단지 아침잠을 즐기는 것이 자신의 오랜 습관이라는 이유로 바꾸려 하지 않는 것이다.

그가 한 시간을 일찍 일어나면 그의 삶은 한층 생기 있고 알차게 짜여질 것임에도 불구하고, 그는 일단 거부한다. 그 결과 그의 인생은 과거의 행적에서 벗어나지 못할 것이다. 훈련된 뇌만이 이러한 나태와 편견과 잘못된 습관의 유일한 대적자이다.

주변 현상들을 근본적으로 살펴보는 습관은 어쩌면 각 개인을 고귀하게 만드는 가장 중요한 요소일 것이다. 그것이 한 사람의 자아에 믿음을 키워주고 이성적인 행동의 결과를 받아들일 수 있는 용기를 주기 때문이다. 이성이란 인간 존엄의 기반이다.

이제 결론을 내리자.

나는 지금까지 뇌의 지속적인 활용이 존재의 보편적인 가치에 가져다줄 여러 가지 변화들에 대해 이야기했다. 변화는 천천히 드러나지 않게 진행되지만 엄청난 결과를 가져온다. 참을성 있는 의지는 마침내 그것을 얻게 될 것이다.

끈기 있게 참고 지속적으로 변화를 시도하는 사람들은 그들의 전 인생이 바뀌는 확실한 경험을 하게 될 것이다. 하지만 온갖 이유와 변명을 대며 인내하지 않는 사람들은 자신의 삶에 아무런 변화도 일으키지 못할 것이다.